Sallan salakalastajat

Mika Komulainen
Sallan salakalastajat

Ensimmäinen painos

© Mika Komulainen 2022
Kustantaja: BoD – Books on Demand, Helsinki, Suomi
Valmistaja: BoD – Books on Demand, Norderstedt, Saksa

ISBN 978-952-80-6868-6

1.

Hopeanharmaa pick up-auto kurvasi vauhdilla vihreän omakotitalon pihaan. Rönkkö seisoi pienen puutalonsa edessä kädessään uistinpakki ja toisessa olutpullo. Maljanen rullasi auton ikkunan auki.
- Tullaanhan sieltä. Terve vuan... Tulit sitten sieltä korvesta eli Salosta. Monenko jäniksen piälle ajoit tullessas, kyseli Rönkkö ja yritti näytellä selvempää mitä olikaan. Elettiin loppukesää, ilma ennusteli viileydellään tulevaa syksyä.
Kaverukset olivat lähdössä pohjoisen reissulle.
- Se on sitten minun näköjään ajettava Sallaan asti. Olisit nyt perkele pysyny alkumatkan selviltä päin. Minä oon jo hirveen matkan ajanu... No, arvasinhan että kännissä pyörit, Maljanen sanoi ja nousi autosta, stereot soitti Abbaa.
- Itehän tuota lupasit ajella. Etkö muista kun sovittiin siellä...
- No ajan, ajan. Saat sitten ajella takasin. Laita ne kamas sinne lavalle ni lähetään. Keretään perille ennen pimeää.

5

- Vehkeet onniin ootellu tuossa rappusilla jo par tuntia, heräsin jo kolomelta. Etkö ies malta kahvia hörpätä. Eehän tässä niin hirvee hoppu.
- Kyytiin vaan ja äkkiä. Minä ajan nyt enkä melkein, Maljanen huusi Rönkölle, joka hörppäsi pulloaan tyhjäksi. Sitten hän alkoi kantaa kamppeitaan kyytiin ja niitähän riitti. Oli virveliä, perhovehkeitä ja verkkoja. Vaatteita, kenkiä monenlaisia. Ruokaakin Rönkkö kantoi lavalle kuin oltaisiiin menossa pidemmällekin reissulle. Viinaa ja olutta isommallekin porukalle.
- Vesiä ee sitten sinne kannella. Oluet ryystetään jo matkalla. Tai siis minä ryystän, oli Rönkkö tuumannut jo puhelimessa.
- Minnekkä pakkasit pommit. Onhan ne varmasti mukana, Rönkkö kyseli ja huomasi sitten ison puulaatikon, jonka kyljessä varoitettiin räjähtävistä aineista.
- Siinähän niitä, räjähteitä… Maljanen sanoi.

Maljanen ja Rönkkö tunsivat toisensa jo opiskelija-ajoilta. Lappeenrannassa tekua käytiin. Vaikka Maljanen jättikin sen kesken, hän suoritti loput tentit myöhemmin Tampereella.
Rönkkö sai teknikon paperit vähän liiankin helpolla, sillä poissaoloja kertyi paljon lukuisten krapulapäivien takia. Nuorelle maalaispojalle Lappeenrannan kaupunki
tarjosi erilaisia houkutuksia vapaaseen elämänmenoon ja lukuhalut karisivat sitä mukaa, kun hän oppi tuntemaan kaupungin kapakoita ja totutteli

itsenäisempään elämään. Maljanen hankki kesken
jääneen koulun jälkeen itselleen panostajan paperit ja
pääsi sitten melkein heti Hakalle panostajaksi,
louhimaan kallioita teiden teiltä ja tulevien
rakennusten alta. Dynamiittipötköjä hän räjäytteli
Hakan leivissä jo neljättä vuotta, kun taas Rönkkö
yritti pärjäillä työttömänä, mitä nyt välillä teki
sekalaisia lyhyitä hommia leipänsä eteen. Molempia
kiinnosti kalastus, Rönkköä varsinkin.

Lämmin kesä. Mikäpä sen mukavampaa kuin kierrellä
lähiseudun vesistöjä. Veneellä uistinta järvellä vetäen
tai rannalta käsin koskilla perhoa tai vaappua uittaen.
Haukea ja ahventa hän enimmäkseen sai, arvokaloja
harvemmin. Tällä reissulla jätettäisiin jäähyväiset
kesälle, elettiin syyskuun alkua.
- Ei sitten mene tällä reissulla pili pattaan, Rönkkö
sanoi ja taputteli auton lavalla olevaa Maljasen
työpaikalta otettua puulaatikkoa.
- Pane, pane jo äkkiä se piiloon, perkele. Naapuris
soittaa vielä hätäpäissään jeparit, Maljanen sanoi.
Rönkkö peitteli laatikon pussittomalla
makuupussillaan ja nappasi Koskenkorvapullon
kassistaan. Laitettuaan pressun lavan päälle, hän
kapusi autoon. Siitä lähdettiin ajelemaan. Sonkajärven
kylän läpi ajaessa, Rönkkö heilautteli kättään
muutamille tutuilleen.
- Seuraava pysähdys Kajaanissa. Minä käyn siellä
viinakaupassa, Maljanen sanoi.
He kääntyivät Sonkajärven kylältä viitostielle vievälle
tielle. Syyskuu, pian luonto nukahtaa. Silti metsien
puut

ja pensaat jaksoivat vielä pitää kiinni ruskan
värittämistä lehdistään.

Maljanen ajatteli, että mitähän tästäkin reissusta tulee.
Viinan kanssa läträilyä olisi ainakin riittävästi luvassa.
Sukevan Kesoililla tankattiin. Rönkkö kävi kusella ja
osti molemmille lihapiirakat matkalla purtaviksi.

- Keitä sukulaesia sinne teijjän mökille oikeen tulloo.
Ihanko naesiakin, Rönkkö kysyi kun lähdettiin taas
liikkeellä.

- Ei sinne naisia tule, jos ei Maikkia lueta semmoseks.
Se on enon tyttö, reilu kakskymppinen. Sinne tulee
eno ja sen kaveri ja sitten se Maikki. Nehän melkein
asuu siellä. Harva se viikonloppu siellä
majailevat ...Tai siis ne asuu Enontekiössä. Se enon
kaveri, Kaaleppi, asustelee myös jossain siellä
ylempänä, käsivarren tienoilla. Maikkikin on kuule
innokas kalastaja. Paljo saanu Naruskasta kaloja,
Maljanen sanoi ja sytytti tupakan.

Rönkkö aukaisi sivuikkunan, ei voinut sietää tupakan
savua.

- Maikki on sitten mulle varattu. Sinä Malja suat ehtiä
naeset Sallan kapakasta.

- En kai minä nyt serkkuun... Eikä se tuommosen
renttaalin remmiin lähe, nuori tytön hupakko. Jos sitä
yrittelet, niin ilman jäät. Kato, sitähän tullaan jo
Kajaaniin. Onnes ei ollu tutkia matkalla. Kolme
varttia Sonkajärveltä, ei huano. Käydään vain Alkossa

8

ja jatketaan sitten heti Kuusamoon päin.

Kuusamossa he kävivät ostamassa muutamat uistimet
Kuusamon Uistimen tehtaan myymälästä. Rönkön
humalatila oli jo vahva ja hän yritti tinkiä uistinten
hinnoista, mutta myyjä pysyi tiukkana. Ei estänyt
Rönkön selitellä, että samat vieheet ovat halvempia
jopa paikallisella huolto-asemalla. Nuorehko
miesmyyjä vain totesi, että Rönkkö saisi ostaa
pyydyksensä muualta jos ei nämä kelpaisi.
Rönkkö valitsi kuitenkin mielestään kolme kallista
uistinta ja maksoi ne, kun arveli niillä saavansa
parempaakin kalaa.
- Paska liike. Rapalanuamanen myyjä ee älynny
uistimista mittään. Viimenen ja ensmäenen kerta
kun tuolla kävin, Rönkkö sanoi kun he tulivat ulos
liikkeestä.
- Itehän nuo ostit. Taas turistia kusetettiin, Maljanen
naureskeli.

He lähtivät jatkamaan matkaa ja huomasivat Rukan
rinteen olevan entisellä paikallaan. Maljanen vilkasi
sitä syrjäsilmällä ja alkoi kertoa vanhasta reissustaan.
- Kerran laskettiin yhden Heikkisen kanssa tuo nyppylä
alas kelkalla, siellä kun on se kelkkarata. Heikkinen
otti ryyppyjä siinä kyydissä ja kun tultiin alas,
Heikkiseltä tuli ryypyt ulos, suoraan kelkkaan.

Ja eikun siivoomaan alas tultua. Kovin nolona poika
haki siivousvehkeet valvojan valvonnassa. Ja sitten se
valitteli sille valvojalle vielä, että omapahan vikansa
kun päästävät niin humalaisia mäkeen. Rukahovissa
vai mikä kapakka siellä onkaan, loppui Heikkiselle
tarjoilu jo heti alkuunsa.
- Siellähän on niitä turistipyyvyksiä nykyään ihan
älyttömästi. Nyhtävät slaalumikansalta pennit
poikineen, Rönkkö sanoi.
- Me ei sen Heikkisen kanssa oltu sitä slalom-porukkaa.
Mökissä möyrötettiin enimmäkseen.
- Hei, hei Heikkinen, Rönkkö hoilasi ja nakkasi
tyhjän kossupullon auton ikkunasta lepikkoon.

Siinä ajellessaan Maljanen ajatteli, että Rönkkö pitäisi
saada nukahtamaan. Ei siitä olisi illalla juttukaveriksi,
jos se jatkaisi tuota vauhtia. Eikä sitä jaksaisi mökille
raahata, jos sammuisi autoon.
- Ota sinä pikku nokoset siinä. En ala kantelemaan
sinua siellä Naruskalla. Joudutaan kuule kävelemään
mökille kilometri. On niin paljo kaikkea kamaa
kannettavaks. Huilailehan vähän siinä.
- Oot, oot kae oikeessa. Piäs vähä lipsahtammaan tuo
juopottelu. Sitä aena reissun piällä innostuu. Pittää
huilata, pittää, Rönkkö soperteli ja painoi päänsä
penkkiin ja jonkin ajan päästä nukahtikin siihen.
Siinä sitten huristeltiin Rönkön kuorsatessa. Maisemat
vaihtuivat vähitellen karummiksi. Puut pienenivät,

10

mitä pohjoisemmaksi ajettiin.
Maljanen ajatteli, että mitähän siitä tulee jos ne
huomaa työpaikalta dynamiittia otetun
ammusvarastosta liikaa. Panostajalla saa olla vain viisi
kiloa kerralla hallussaan. Maljanen tuli jo vähän
katumapäälle.
Piru, siitä tulisi potkut ja niitä töitä ei sen jälkeen
tarvitsisi enää kysellä. Ei, ei ne sitä viittä ylimääräistä
kiloa huomaa, Maljanen lohdutteli itseään.
Mitäs siitä, jos pikkuisen posautellaan korven suojissa.
Ei siitä kenellekään harmia koituisi.

Sallassa Rönkkö heräsi. Katulamput valaisivat pientä
pohjoista kylää, ilta oli alkanut hämärtyä.
- Missäs sitä ollaan. Mikäs paekka se tämä. Taesin
nukkua monta poronkusemaa. Piä jo melekein selevä
ja näläkäkin alakaa olla.
-Nukuit kolmisen tuntia.Vielä parikymmentä
kilometriä, niin ollaan perillä, Maljanen sanoi ja ajoi
huoltoaseman pihaan.
- On näköjään vielä auki. Juodaan kahvit. Sulle ne on
sitten aamukahvit, Maljanen keljuili.
- Etkö sinä Malja tajua, että johtajat ee kahviin
koske. Tee se on sitä kuninkaeden juomoo, Rönkkö
sanoi. Pieni huoltoasema huokui tyhjyyttään.
Kassaneitikin näytti unissakävelijältä. Rönkön
juotua pikaisesti teensä ja Maljasen kahvinsa, he
päättivät että tänään ei juodakaan muuta kuin vettä
väkevämpää.

Maljanen ajoi mutkaista hiekkatietä tottuneen nopeasti ja

Naruskajoelle saavuttiin. Hän pysäköi auton metsätien reunaan, josta lähti polku mökille. Kuin ihmeen kaupalla he saivat kaikki varusteensa kantoon. Rinkoissa kulki suurin osa, mutta joitakin tavaroita riitti kannettavaksi myös käsillä. Rönkön otsalampun valossa he lähtivät hitaasti kulkemaan polkua pitkin.

2.

- Eipä vielä näy enon porukkaa. Saattaa olla, että vasta huomenna tulevat, Maljanen puhisi ja aukaisi mökin oven. He laskivat raskaat kantamuksensa lattialle hikeä valuen. Istahtivat sitten penkille huokaisemaan.
- Ottipa se koville. Ee oo tuo kunto ihan kohillaan, Rönkkö sanoi.
- Eipä ei. Nyt laitetaan kuitenkin lämpöjä päälle, ettei palelluta hikisinä, Maljanen sanoi. Hän sytytteli kynttilöitä ja laittoi valonisoon kaasulamppuun.
- Tähän takkaan kun tuikkaan tulen, niin lämpiää tuo makuukammarikin. Keittonurkkauksessa olevaan pieneen hellan tulipesäänkin hän työnsi kuivia koivuhalkoja. Helposti ne syttyivät ja alkoivat luovuttaa pehmeää lämpöään.
- Tiällähän alakaa kohta tareta. Lämmitettäänkö myös saana, Rönkkö kysyi.
- Tietysti lämmitetään. Ensin otetaan kuitenkin tervetuliaismaljat, Maljanen sanoi ja alkoi kuoria sipulia.
Rönkkö purki rinkkaansa ja katsoi ihmeissään Maljasen puuhastelua.

Puolen kymmentä sipulia meni silppuina suureen emalikannuun. Sitten hän kaatoi siihen kaksi pullollista kirkasta viinaa.

- Oota. Haen kaivosta vettä, Maljanen sanoi ja meni ulos sanko kädessään. Mitähän se nyt meenoo, jottain koeruuksia, Rönkkö ajatteli. Hän katsoi hölmistyneenä Maljasta, joka kaivolta tultuaan kaatoi peltiämpäristä kannuun kirkasta lähdevettä. Sitten hän laittoi sekaan vielä vähän hienoa sokeria, chilijauhetta ja parikymmentä kokonaista mustaapippuria. Hän sekoitti juomaa isolla puukauhalla kovin tärkeän näköisenä . Jo osin ruostuneet peltimukit hän löysi kuivauskaapin päältä ja kaatoi niihin juomaa syvällä hartaudella. Juoma oli Maljasen mukaan juotava vain ja ainoastaan vanhoista peltisistä mukeista ja yhdellä ryypyllä alas.

- Tämä se on mun ukin vanhalla reseptillä tehty "Maljasen parempi sipuliryyppy", sitä on nautittu tällä mökillä perinteisesti jo kymmeniä vuosia.

Katajanmarjat jäi nyt siitä puuttumaan, kun pimeys estää niitä löytämästä.

- Eikun vaan hölökyn kölökyn, sanoi Maljanen ja nosti ylpeänä peltimukia.
Irvistellen he nieleksivät tuon sukuperinnejuoman.
- Jo Maljanen maljan sotkit, Rönkkö sanoi vettä silmistään pyyhkien.
- Ukin mukaan se aukasee nuhasen nenän ja paatuneimmankin sielun. Mutta nyt kuule, lähetään lämmittämään se sauna.Vedet on kannettava joesta ja puut liiteristä. Ja Rönkkö, uimaan et sitten mee tuossa kondiksessa.

Sauna lämpeni. Piipusta tulevaa savua levisi joen ylle. Nuotion loimussa joki näytti jotenkin aavemaiselta. Miehet istuivat ja paistoivat makkaraa.
- Järki tais jättää sinut. Mitenkä luulet lehtykäisten pysyvän tuossa vihdassa. Komee se kyllä on, moninainen on värienkin kirjo. Sillä kun hakkaat ittees, saat luutatarpeet, Maljanen nauraa räkätti.
- Haistappa paska. Vasta ku vasta eekä mikkään vihta. Mutta hei, mitteepä oot mieltä, jos lähettäs vielä tänä iltana käämään kylillä. Taksillahan sitä piäsöö, jos et sitte sinä aja. Rönkkö sanoi ja katsoi Maljasta alta kulmien.
- Minäkö vielä herraa kuskaisin? Mikä hinku sinne kylälle nyt on?
- Se on kuule vuan poekamiehen yritettävä. Siellä ne naeset meitä jo ootteloo äteriputeritsipuarissa. Vae eekö se oksa ennee ukolla toji?

- Mennään sitten sillä taksilla, jos siltä tuntuu. Sinä maksat, Maljanen kuittasi. Rönkkö murahteli ja meni saunan nurkalle kuselle. Hän tunsi Maljasen hyväksi kaverikseen, vaikka nähtiinkin harvoin. Pientä piruilua heiteltiin aina, mutta hyvällä maulla. Muistipa Rönkkö siinä nurkalla seistessään erään tapauksen.

Muutamia vuosia aikaisemmin pohjoisen kalareissullaan he olivat majoittuneet laavuun. Nukkumaan mennessään Maljanen oli hinkunut, että aamulla lähdettäisiin toiselle koskelle ja sinne patikoitaisiin jalkapelillä. Rönkköä ei kiinnostanut aamuinen ryteikkökävely, mutta eipä ilennyt sanoa vastaankaan kun Maljanen niin innoissaan sitä suunnitteli. Rönkkö ei pitänyt itseään minään urheilijatyyppinä. Helppoahan se Maljasen. Suunnistuksessa saanut piirinmestaruusmitalin ja harrasti muitakin lajeja. Maljasen nukkuessa, hän oli juonut itsensä umpihumalaan ja valvonut koko yön lisäillen puita nuotioon.

Aikaisin aamulla Maljasen herättyä, hän oli painanut päänsä tyynyyn.

- Tiällähän ne suuret kalat kuttee, hän oli soperrellut uniselle Maljaselle ja nukahtanut siihen. Suuniteltu reissu toiselle koskelle oli jäänyt tekemättä.

He saunoivat. Puukiukaan lempeä löyly hiveli väsyneitä jäseniä. Rönkkö hakkasi itseään vastalla, josta lehdet

16

lentelivät tarttuen saunan pihkaisiin seiniin.
- Tämähän alkaa muistuttaa hippien luolaa, Maljanen sanoi ja katsoi Rönkköä, joka ei sitä kuullut. Huitoi vain vastallaan kiukaan pihistessä uutta löylyä.
- Antaa pirulaisen pelleillä. Saa sitten siivota saunan, kun seuraavan kerran lämmitetään, Maljanen ajatteli. Kännissä kuin apina. Aamulla hirvee vapina, runoili vielä mielessään. Pukuhuoneessa Rönkkö yltyi laulamaan epävireisellä äänellään:
- Hulapallaa, sauna pallaa! Hulapallaa, sauna pallaa! Maljanen ee saa kallaa. Ee saa kallaa...
- Tuki turpas räkäsorsa, Maljanen huusi jo tympääntyneenä Rönkön humalaiseen olemukseen.

Taksikuski Klemetti kyyditsi kännisen kaksikon vuoden –68 mersullaan baarin pihaan. Näitä kännikeikkojahan viikonloppuisin sai enimmäkseen ajaa. Maljanen ja sen kaveri tuntuivat kuitenkin olevan reilulla päällä, maksoivat ylimääräistä ja lupasivat vielä ajaa mökille takaisin hänen kyydillään. Klemetti tunsi ylpeyttä vanhasta autostaan. Semmoista ei enää näe monessa kylässä tai kaupungissa, ei ainakaan taksina. Kilometrejä kertynyt jo toista miljoonaa, mutta kone vaan jaksaa rallatella. Hän antoi Maljaselle käyntikorttinsa ja lähti ajelemaan taksikopille.

Maljanen syötti jukeboksiin kolikoita.

17

- Aena sinä tätä Appoo soitat. Oesit pannu kunnon heviä, Rönkkö sanoi ja hörppäsi karjalaistaan. Baari oli täyttynyt keskikaljan kittaajista. Rönkkö ja Maljanen istuivat kahden nuoren naisen pöytään, jotka kikattelivat ja joivat siidereitään.
- Lähettäkö tytöt meijjän kanssa diskoon jorroomaan, Rönkkö kysyi vieressään istuvalta neitokaiselta, kun tämä pyysi tulta tupakkaansa.
- Jorroomaan, tyttö matki ja molemmat naiset purskahtivat nauramaan.
- Elä kuule morkkoo meijjän savolaesten murretta. Sen rikkaampoo kieltä ee tiällä Suomen muassa oo. Työ ette tiijjä... No, otetaanpa esmerkkinä vaekka sana: kulkea. Sille löötyy sitä kuvvoovia sanoja, niitä synönyymejä aenaki viiskymmentä, Rönkkö puhui murrettaan vähän jo ylikorostaenkin.
- Ei kai niitä niin paljon, kiinnostui toinen naisista.
- No, vaekkapa... Männä löntystöö. Sinäkii kun tuolla kylän raetilla kävelet oekeen laeskan nä kösenä. Tae sitten: joloppia. Se on kun joku pitkä kuikelo kävelöö semmosilla puolentoesta metrin askelilla, se on sitä joloppimista. Niitä on paljo... Entäpä sitte: Kävellä koohottoo. Siinä männöö joku, jolla on olevinnaan jonnekkii kiire, Rönkkö piti savonmurteen oppituntiaan.
Hän kertoi lisää sanojen ja sutkautuksien merkityksiä.

Naiset kuuntelivat ja kiinnostuivat tuosta mainiosta murteesta ja sen kertojasta. Siinä sitten tutustuttiin paremminkin. Selvisi että toinen heistä, tummempi Marja oli valittu viisi vuotta sitten Sallan kesätytöksi. He kertoivat elävänsä työttömyyskorvausten ja toimeentulotukien varassa. Heidän kasvoistaan näki, että aikaa tapettiin pulloa kallistellen.

Sen verran turvoksissa ja pöhöttyneinä he siinä istuivat, että kesätyttö-titteliä ei kumpikaan enää saisi.

- Lähtiskö pojat mukaan. Käytäs kapakassa ottamassa paukkuja ja vetämässä parit biisit karaokessa, Saara vaaleampi tytöistä kysyi.

Maljanen, joka oli jo iskenyt silmänsä tuohon pohjoisen tyttöön vastasi:

- Mikä ettei. Parit grogit ja rokit menee...

Taksinkuljettaja Klemetti tuli hakemaan juopunutta seuruetta ravintolan edestä.

- Ajappa Klemetti meidät sinne mökille mistä tultiin. Nämä tyttäret lähtee kanssa, Maljanen sanoi kun istahti maksajan paikalle. Vettä sateli hiljakseen. Klemetti sääti lämmistystä isommalle. Auto lähti liikkumaan laulun raikaessa. Rönkkö ei humalaltaan pysynyt enää hereillä. Hän nuokahti naisten väliin takapenkillä. Matkalla Maljanen selitti Klemetille kalliolouhinnan perusteita.

- Vahinkojakin sattuu räjäytellessä. Hangossa lensi

19

kiven murikka omakotitalon ikkunasta sisään. Isäntä ei sitten hymyilly ku Hangon keksi. Piti mennä rahatukko edellä sopimaan korvauksista.

Klemetti saatteli taskulampun valossaan sekalaisen seurakunnan mökille asti. Rönkkökin sai pikku torkuistaan lisää virtaa ja jaksoi kävellä pahemmin kompuroimatta.

- Kiitosta Lemetti. Tilataan tuas sinut jos tarvitaan, Rönkkö sanoi ja maksoi kyydin runsaalla kädellä.

Klemetin lähdettyä, Maljanen meni sisälle sytyttämään uudestaan takkatulen.

- Tee Rönkkö siihen pihalle nuotio. Minä tuon kohta mukit ja juotavaa, hän huusi ikkunasta.
- Tien nuotion tien. Pittää tyttöjen sitten saanaanniin piästä.
- Se nyt lämpee äkkiä. Muutamalla halolla, kun illalla kylvettiin.

Saunassa Marja alkoi kertoa itsestään:
- Kesätyttökisan voitto ei tuonut mitään hyvää. Siitä se helvetti alkoi. Hävis kaikki kaverit, paitsi tuo Saara. Se onnii paras ja uskollisin, jo lapsuudesta asti. Kateelliset Sallan kylän akat alko nimitellä vaikka miksi muovimissiksi ja silikoniseijaksi. Olis pitäny lähtee. Helsingistä tarjos yks mallitoimisto töitä. Vittu, ei sitä niin vaan sinne etelään lähdetä, täällä korvessa kun on ikänsä asunu.
- Älä sinä Marja välitä kaikista kateellisten puheista.

Nehän panettelee vaan oman pahan olon takia. Vaan eipä tullut enon porukka tänä iltana. Sovitaan paremmin nukkumaan. Minä käyn vielä uimassa. Lähetkö Saara mukaan, Maljanen kysyi ja nousi lauteilta.
- Lähen kahtomaan niitä sinun rusinoitas, kun nouset sieltä joesta ylös, Saara sanoi ja iski silmää Marjalle.
Rönkkö heitti täyden kauhallisen vettä kiukaaseen.
- Meinaatko minut löylyllä tappaa, Marja huusi kyyristyen polviaan vasten.
- Piäs vähä lipsahtammaan. Kaanis sulla tämä selekä. Rönkkö siveli molemmin käsin Marjan hiestä valuvaa selkää ja niskaa.
- On se mukavoo, kun suatiin tämmöset vappaamieliset tytöt tänne meijjän mukkaan lähtemään. Saanaankin uskalsitte yhtä aekoo tulla, moni karkoes jo kottiin.

Maljanen heräsi. Hän nousi hitaasti tuvan sängyltä. Päätä särki ja seinät tuntuivat liikkuvan itsestään. Ei auttanut muuta kuin istahtaa takaisin sängylle. Rönkkö makasi tuvan lattialla käsi tyynynään ja kuorsasi. Pöydällä näytti
olevan muutama korkkaamaton olutpullo lukuisten tyhjien seassa. Hän yritti muistella edellisen illan tapahtumia. Päällysvaatteet lojuivat pitkin lattiaa. Käsivarsissa ja vatsassa verisiä naarmuja. Männynneulasia roikkui rintakarvoissa. Niistä muistui mieleen piehtarointi jonkin naisen kanssa joen rannalla.Vähitellen tuli kasvotkin mieleen ja nimi, Saara.
Eipä näkynyt Saaraa mökissä.

Hän meni saunalle. Pulloja lojui sielläkin ja muutenkin sekaisen näköistä. Hän hörppäsi vettä pesuvadista ja asteli sitten takaisin mökille.

- Rönkkö herätys. Ajoitko sinä ne naiset täältä pois. Ala nousta siitä.

Rönkkö nousi istumaan hitain liikkein. Venytteli, hieroi silmiään.

- En minä kettään ajanu. Taesin sammua. Annappa ryyppy ja äkkiä. Rapula ee sua tulla.

Rönkkö joi parilla ryypyllä kaljapullon tyhjäksi.

- Minnekä ne on sitten hävinny, Maljanen ihmetteli.

- Kai se Lemetti vei… Rönkkö sanoi haukotellen.

- Mitään vieny. Sinä sille maksoit ja yksin lähti.

- Aha.

- Muistan, kun sen Saaran kanssa rannalla jotain touhusin, Maljanen sanoi.

- Missihän se toenen. Sillä ol tumma ja kommee tukka.

Rönkön oma tukka sojotti pystyssä ja naama pöhötti punaisena turvoksissa.

Maljanen löysi lompakkonsa pöydän alta.

- Rahat on finito. Pussi ihan tyhjä ja eilen siinä oli vitusti
satasia.

- Minusta tuntuu, että meetä on kusetettu ja kunnolla, Rönkkö sanoi ja laahusti naulakolle.

Hän otti nahkatakkinsa povitaskusta rahapussinsa. Tyhjänä sekin.

- Perkele, arvasin. Pöllitty joka aenut penni.
- Sama täällä. Saatana, varmaan tonni hävinny. Visa on onneks tallella. Onko sulla, Maljanen kysyi.
- Mulla ee oo Vissoo. Eevätpä oo vieny pikapankkikorttia, vittuako ne sillä kun saevat ainakii kakstonnia verotonna.
- Minusta tuntuu, että ne anto mulle jotain tyrmäysainetta. Muistan vielä joessa uinnin.
- Minä olin niin tajuttomassa kännissä, että män muisti siitä.
- Tuskin se Marjakaan mikään kesätyttö oli. Liekö edes sallalaisia. Meidän pitäs tehdä ilmotus poliisille, Maljanen sanoi.
- Ee huvittas lähtee kuulusteluihin. Millä sinne mäntäs, ee meistä oo ajajiks. Taksilla ee oo ennee vara rällätä, Rönkkö sanoi.
- On se loppujen lopuks ihan hyvä keksintö tuo kännykkä, Rönkkö sanoi löydettyään puhelimensa lattialta. Naisille ei puhelimet olleet kelvanneet. Maljanen soitti poliisiasemalle ja antoi naisista tuntomerkit, mitä nyt sattui muistamaan. Päivystävä poliisi Kemppainen vakuutteli, että tytöt jäisivät kiinni ennemmin tai myöhemmin. Hän kertoi heistä tehdyn ilmoituksia ympäri Suomea. Tytöt olivat saaneet huijatuksi rahaa kymmeniltä miespoloilta. Tumma tyttö esitteli aina itsensä paikkakunnan missiksi ja miehet menivät halpaan.
Ilmeisesti heillä toimi myös apuri, joka tuli hakemaan kun uhrit sammahtivat. Kemppainen arveli, että naiset

olisivat menossa joko Ruotsiin tai Norjaan lapin kautta.
Huijausten vyyhti eteni koko ajan pohjoisempaan.
- Ne rahat jää varmaan saamatta takaisin, Maljanen
sanoi katkerana.
- Paljo mahollista. Eepä tuota arvannu. Sitä niin
hyväuskosena aena tolskoo.

3.

- Nyt unohettaan koko ryöstöjuttu ja aletaan suunnitella sitä kalapammaasta, Rönkkö sanoi.
- Turha kai sitä liikaa murehtia. Ulkonakin näyttäs aurinko paistavan, Maljanen sanoi verhoja avatessaan.
- Mulla on repussa tarkka kartta. Katotaan siitä sopiva lampi, jostaen syrjempöö. Minkälaenen tyyppi se enos on, uskaltaako sille kertoo koko hommasta?
- Se on itekin nuorempana harrastanu samaa, pienemmillä panoksilla vaan. Voitas kysyä sitä kuskis. Se tuntee nämä seudut eikä oo niin perso viinan perään kuin sinä, Maljanen vinoili.
- Parassii sanomaan. Anna ryyppy, Rönkkö sanoi.
Maljanen korkkasi kirkkaan pullon ja Rönkkö hörppäsi siitä pitkän ryypyn. Hän riisui kalsarit ja meni hytisten seisomaan ulkoilmaan. Vähän aikaa emmittyään, hän käveli rivakasti joen rantaan ja pulahti viileään veteen. Kaksi sorsaa räpiköi rannasta lentoon. Rönkön tanakka olemus säikäytti ne pahan päiväisesti.

Auto heilahteli hiekkatiellä laidasta laitaan. Mutkan

kohdalla se ei enää pysynyt tiellä, vaan lähti sivuluisussa etenemään kohti metsikköä. Se pyörähti ympäri ja meinasi kääntyä katolleen ojan ylitettyään. Viimein se pysähtyi perä edellä lähelle isoa kiven murikkaa.

- Pakkoko se saatana on sattoo ajjoo tämmösellä tiellä. Henki ol lähtee, Rönkkö huusi puristaen auton kojelautaa.

- Ei käynyt mitenkään minullekaan. Kiitosta vaan. Olisit ite ajanu. Vittu, viimestä kertaa krapuloissani ajan. Nyt kun sais tämän koslan irti. Irtoo. Irtoo, Maljanen luistatti kytkintä. Rönkkö meni työntämään. Auto nousikin ihmeen helposti maantielle. Sitä helpotti kuiva maasto ja auton neliveto.

- Tällä tiellä ei ole onnes paljon liikennettä. Jos oltas oltu kylillä ojassa, putkassa istusin nyt. Tuntuu vielä promillet, Maljanen sanoi ja lähti ajamaan.

- Melekoset jälet siihen jäe. Voevat panna karhun piikkiin. Siinähän on voinu mesikämmen poron kanssa pyöriä, heh heh. Nyt kuitenniin, aja vähä varovaesemmin. Kun suahaan aato kapakan taakse parkkiin, suat sitten ryypyt. Koeta skarpata sen aekoo, Rönkkö sanoi Maljaselle, joka selvästi keskittyi kuljettamiseen entistä tarkkaavaisemmin.

- Äteritsi puteritsi, Rönkkö sanoi ja nosti olut-tuopin huulilleen. Auto oli jätetty hotellin taakse, vähän pimentoon missä voisi yöpyäkin kapakka-illan päätteeksi. Rönkön käytyä nostamassa automaatista rahaa, he olivat painuneet baariin. Huurteiset juotuaan, miehet menivät ulkoilmaan. Katselivat siinä jonkin aikaa rauhallista kylän elämää ja kehuivat kaunista säätä. Sitten he kävivät ostamassa marketista olutta ja pientä purtavaa. Tämän illan he aikoivat selvitä pienillä kustannuksilla. Rahojen menetys huijaritytöille kaiversi mieliä. He päättivät mennä läheisen järven rannalle pitämään pientä piknikkiä, kuten Rönkkö asian ilmaisi.

- Siellä on laavu. Oli ainakin kaks vuotta sitten. Enon ja Maikin kanssa makkarat siellä paistettiin, Maljanen sanoi.

- Siellähän on sitten mukava reuhottee. Johan tuo on pikkunen rapulahuika, voes jottaen purasta.

Rönkkö pyyhki kävellessään hikeä otsaltaan. Jo osin ruohottunut kapea tie vei heidät pienelle järvelle.

Rannassa kymmenkunta venettä odotti talviteloille pääsyä.

- Eepä näy kalastajia. Tyhjänä koko rapakko. Missäs se laavun tekele?

- Tuolla niemen nokassa näkyy vielä seisovan. Sinne päästään täältä, Maljanen sanoi ja lähti kulkemaan rannan lähellä mutkittelevaa polkua pitkin.

Laavun seinistä pystyi lukemaan, että nuoriso piti sitä

kokoontumispaikkanaan. Puukolla viillettyjä nimikirjaimia, tussattuja pillun kuvia ja vitsin pätkiä oli vanhoissa hirsissä. Tyhjiä ja särjettyjä olut- ja viinapulloja. Monenlaista roskaa ja jätettä lojui nuotiopaikan vieressä.

- On kuntoon piästetty menemään. Pitäs suaha kiinni tuommoset sotkijat ja antaa selekään, Rönkkö sanoi ja keräsi enimmät roskat muovipussiin.

Puuvarasto ammotti tyhjyyttään. Maljanen löysi kuitenkin nopeasti metsästä hyvän tervaskannon. Hän raahasi sen tulipaikalle.

- Ootko Maljanen ikinä aatellu tätä nykyajan mennoo. Tuommosta tuhhoo se suapi nuorisonniin tekemään. Sano minun sanoneen, että ne tietokonneet ne on pirun keksintöjä. Ne kun kehittyy ja kehittyy, ni ihminen vielä tuhhoo niillä ihtesä. Koko ajan vuan vuaditaan lissee. Pittää olla noppeempi ja tehokkaampi joka asiassa. Koolussa, jo ala-asteella pittää osata ne pitit ja intterinetit. Ja jos et ossoo, niin jiät jäläkeen ja jalakoehin. Sitten muut kiusoo. Tämä yhteeskunta se muuttuu silimissä semmoseks, että heekommat ja vähä-älysimmät jätetään armotta alempaan kastiin. Nämä luokkaerot kasvaa... Ja ylleensä tämä meeninki tällä pallolla on lopun eellä.

Maljanen katseli järvelle päin. Joutsenpariskunta
uiskenteli kolme poikasta kintereillään.
- Sotia ompi joka puolella. Saasteeta. Kaekkee paskoo
ihminen syytää merreen ja ympärilleen. Ee olla ennee
tyytyväesiä pienistä asioesta. Saemehtäilmiö ja kaekki.
Vaahti vuan kiihtyy ja kansa kärsii, filosofoi Rönkkö.
- Vaan täälläpä on vielä puhdasta luontoa, jota on ilo
katsella, Maljanen sanoi ja istahti laavun viereen
kyhättyyn penkkiin.
Rönkkö teki tervaksista nuotiopaikkaan tulet. Siinä he
paistoivat kaupasta ostamaansa makkaraa ja siemailivat
olutta.
- Samahan meidän tässä laavussa yöpyä. Pidetään
kunnon tulia, niin ei palelluta. Meillä siellä Salossa on
yks viimesen päälle kova erämies. Se Siukonen on
täältä pohjosesta kotoisin. Se asuu Salon keskustassa
rivitalokaksiossa. Rakensi perkele takapihalle laavun
tai paremminkin pienen mökin, jossa se yöpyy aina
kun tulee ikävä korpimaisemia tai akan kanssa riitaa.
Oon minäki käyny sen kanssa siellä ryyppäilemässä. Ja
on siellä vähä niin ku olis jossain korvessa, kun pistää
laavun oven kiinni eikä välitä liikenteen äänistä ja yli
lentävistä lentokoneista. Sillä Siukosella on niin
pahankurinen akka, että se yöpyy siellä laavussa harva
se yö. Sinne se sitten eukoltaan salaa kuljettelee
kavereita ja Alkosta viinaa. Sillä on siellä
kuule pyssyt ja onget seinätelineissä. Niitä se siellä

kiillottaa ja kertoo tarinoita karhunmetsästyksestä
Tenon lohestukseen.
- Sitä kun on metät ympärillään syntyny, niin sinne se
sielu aena halajaa, Rönkkö sanoi.
Miesten posket loimottivat punaisina nuotion lämmöstä
ja päähän nousevasta oluen huumasta.

Seuraavana päivänä puolen päivän aikaan, miehet
ajoivat takaisin Maljasen mökille.
- Enon porukka on näköjään tullut, Maljanen sanoi
huomatessaan tien laitaan parkkeeratun auton.
- Kutsu sinäkin sitä vaan Enoksi isolla eellä. Se tykkää
siitä.
He lähtivät kävelemään mökille vievää polkua. Rönkkö
huomasi ison rusakon vilahtavan kuusikkoon.
- Elä sitten heti ruppee kertomaan niistä dynamiiteistä.
Voijjellaan sitä ennoos ensin vähä viinaksilla. Kerrotaan
sitten vaevihkoo... Siitä voe noosta melekonen häly, jos
se ee innostu asiasta, Rönkkö epäili.
- Eno on kuule kaatanu hirviä salaa. Se ei näistä
huutele. On varmasti innokas lähtemään mukaan,
Maljanen sanoi ja aukaisi mökin oven.
- Tervehdys Matti. Päästiin vasta tänään tulemaan.
Tuolla Maikilla lenssu vaivasi, piti sitä sairastella.
Tämäkös se on se Rönkkö, josta oot kertonu, Maljasen
eno kysyi Maljaselta.
Rönkkö kätteli tulokkaat. Eno oli iso harmajapäinen

ukko, kovin leppoisan oloinen mies tuntui olevan.
Maikki vaikutti myös mukavalta tytöltä. Rönkköä tosin
hieman häiritsi tytön ulkokuori, se näytti vähän
jätkämäiseltä. Maastopuvun housut ja flanellipaita.
Näkyi tuolla puukkokin roikkuvan tupessa vyöllä.
Huulilla paloi käsin pyöritelty sätkä.
Mielenkiintoiselta tuntui myös vanha lapin ukko,
Kaaleppi. Pieni mies, joka kätteli Rönkköä tiukalla
puristuksella nauraa käkättäen.
Kaikki alkoivat syömään Maikin tekemää makoisaa
lihasoppaa.
- Kyllä tuosta Maikista joku laithaa itselleen hyvän
emännän. On sattumia laithanu ihan kunnolla sophaan.
Joko pojjat on kathonu pirttihirmut ithelleen, Kaaleppi
kysyi.
- Vappaeta ku taevaan linnut ollaan vielä molemmat.
Ee oo vielä osannu asettua, Rönkkö sanoi ottaessaan
lisää keittoa.
- Poikhamieshän miekii. Olin naimisissa
viiskymmenluvulla, mutta vaimo lähti etelänmiehen
mukhaan. Sitä mulkkua olisin leukulla lyönyt, mutha
en kerinnyt. Ei sieltä käsivarren juurelta toista naista
ole löytynnä.

Maikki häipyi mökiltä vähin äänin joelle kalaan. Ei
jaksanut kiinnostaa ukkojen hörhöilyt ja sovinistiset
höpinät. Niitä juttuja sai kuulla töissä ihan tarpeeksi.
Pienen kaljabaarin kantaporukka puhui paljon siitä ja

sen puutteesta. Maikki tykkäsi kuitenkin työstään.
Tempperamentilla ja huumorilla siellä pärjäsi.
Virvelillään hän veteli joesta useita haukia. Saipa vielä
otettavan kokoisen taimenenkin. Siinä olisi miehille
ruokaa. Ukot saisivat savustaa hauet, taimenesta hän
päätti keittää kalakeiton, vaikkapa seuraavana päivänä.
Maikki ajatteli, että mitähän tästäkin viikonlopusta
tulisi. Serkku Matti ja sen kaveri tuntuivat olevan
ryyppypäällä. Pitäisiköhän itsekin lähteä kylille
hurvittelemaan, hän tuumi. Kävisi tapaamassa
kavereita, joita ei ollut nähnyt pitkään aikaan.
Maikki käveli mökin pihaan. Hän näki isänsä tulevan
horjahdellen saunasta ja menevän mökin nurkalle
tarpeilleen.
- Mene Maikki saunaan, se on vielä lämmin, Eno huusi
mökin nurkalla kuseksiessaan.
- Oot saanu ihtes sitten taas tuohon kuntoon.
- Ei minulla mitään hätää.
- Vie sinä nämä kalat sisälle. Siivosin ne jo tuolla
rannassa. Jätän tähän puun juureen.
- Vai sai tyttö kaloja. Isän tyttö.

Maljanen ja Rönkkö tutkivat karttaa, joka oli levitetty
tuvan pöydälle.
Kaaleppi istui sivummalla ja leikkasi varpaankynsiään
terävällä lapinpuukolla.
- Paukuttivathan net jo sota-aikana kranatheilla tittiä
sophaan. En mie vaan toisen komppanian ukot.
Kaaleppi puhui hiljaa eikä muut miehet häntä kuulleet.

Hän keräsi lattialta leikatut kynnen palaset ja heitti ne
palavaan takkaan.
- Kattoppas Malja tätä. Tuossa olis hyvän näkönen
lampi. Ee oo asutusta varmaan lähempänä kymmenee
kilometriä. Ja tuossa vieressä vielä toenen vähä
pienempi, Rönkkö tutki karttaa.
- Ja autolla pääsee melkein perille asti, Maljanen sanoi.
Ovi kävi ja Eno tuli sisälle.
- Maikki tuli kalasta ja meni saunaan. Oli saanutkin
hyvät kalat.
Eno näytti miehille saalista.
- Vae tykkee Maekki kalastamisesta, Rönkkö tuumaili
ääneen.
- Minä arvasin sen sinne menneen. Jo pikkusena se oppi
perhoa uittamaan.
Äitinsä minulle motkotti, että mitähän tuosta tytöstä
tulee kun jatkuvaan koskilla koluaa. Minua syytti, että
opetin sen miesten tavoille. Ite se aina vänkäsi mukaan,
Eno sanoi. Maljanen katsoi Enoa silmiin. Nyt olisi aika
kertoa suunnitelmista.

- Maikki ei saa tästä sitten kuulla. Oon yrittäny varjella
sitä tämmösiltä koiruuksilta.
Minun puolesta saatte pommitella, jos niin lapsettaa,
Eno sanoi.

- Ee myö sinua sotketa tähä juttuun. Jos käry kääpi,
niin oot ollu vuan turistina kyyvissä, Rönkkö sanoi.
- Siellä saloilla mikään käry… Maljanen jatkoi.
- Poijjat ne kahto jo reitit. Mie myöthäilin tässä vieressä.
Jos varhhain aamulla lähemmä, ennen ku Maikki
heräjää. Menemmä aikasin nukkumhan. Pakkaamma
auton valmiiksi, Kaaleppi antoi vanhempana ohjeitaan.
- Ruokaa riittää isommallekin reissulle, Maljanen sanoi.

Maikki ihmetteli saunan sotkuisuutta. Koivun, haavan
ja pihlajan lehdet värittivät pihkaisia seiniä ja märkää
lattiaa. Tyhjiä pulloja lojui vähän joka puolella.
- Tänään en kyllä ala siivota. Antaahan kuivahtaa, hän
ajatteli. Hän asettui lauteille pitkälleen. Kiukaan
pehmeässä jälkilöylyssä hän venytteli rantakivikossa
kipeytyneitä jalkojaan. Lihakset rentoutuivat ja hän
alkoi sivellä hyvin muodostuneita rintojaan. Suuret
purppuran punaiset nännit kovettuivat. Mieleen tuli
kuva entisestä rakastetusta, joka kumartuu kohti hänen
haaroväliään.
Oikea käsi laskeutui hitaasti hyväillen. Hän sulki
silmänsä ja tunsi rentoutuvansa. Oli jo vaipumassa
uneen, kun yhtäkkiä Maikki säpsähtikin istumaan. Hän
meni vauhdilla saunan pukuhuoneeseen peilin eteen.
Hän paineli ja tutki. Vasemman rinnan alapuolella oli
kahden sormenpään kokoinen kyhmy.

4.

Aamulla viiden aikaan miehet tekivät lähtöä. Illalla oli autolle kannettu retkelle tarvittavia tavaroita. Hämärässä he lähtivät kävelemään polkua ja erottivat joelta nousevan sumun. Mökin terassilla oleva lämpömittari oli näyttänyt paria astetta pakkasta. Auton lasit täytyi raapia jäästä.
- Menehän Matti laihempana sinne taakse. Me mahdutaan kolmestaan tähän eteen. Tulihan nyt kaikki kamppeet mukaan, Eno kysyi.
- Kirveen toin liiteristä. On siellä muu tarvittava... Evästä vaekka viikoks, Rönkkö sanoi ja kiipesi pick-upin etusille. He lähtivät liikkeelle. Eno ajoi. Nyt ei käännytykään Sallan kylälle päin. Lähdettiin ajamaan mutkittelevaa metsätietä, joka veisi parinkymmenen kilometrin päässä olevalle pienelle lammelle.
Miehet istuivat hiljaa. Liekö eilinen juominen tai luvattomasta touhusta johtuva jännitys heidät vaientanut. Katseltiin vain vaihtuvia maisemia. Radiossa ennustettiin illaksi sateita.

Maljanen nukahti. Pää painui käsien ja polvien varaan. Unessa hänelle ilmestyi jättiläislohi, joka istui rantakivellä onki eviensä välissä. Piippu sillä kärysi suupielissä. Maljanen itse oli sukelluksissa ja näki lohen läpi kirkkaan veden. Se pujotti koukkuun pitsan paloja. Se oli pyydystänyt jo kolme kaljupäistä miehen körilästä. Ne sätkivät hädissään kuolemaa tehden rantahietikolla. Maljanen huomasi pitsan palat. Selvästi quattro stagione. Hän tiesi joutuvansa kalan saaliiksi, jos puraisisi tuota maukasta pitsaa. Mutta nälkä kurni vatsaa ja pitsa houkutti tuoksullaan tavoittelemaan sitä. Hän kiihdytti sukellustaan ja iski hampaillaan tuohon Italian herkkuun.

Herättyään Maljanen pyyhki pahimmat hiet otsaltaan paidan hihaan.
- Johan oli perkele uni, hän ajatteli. Näki sitten auton ikkunasta alhaalla häämöttävän pienen, melkein pyöreän muotoisen lammen. Eno parkkeerasi auton vaaran laelle. Tummia pilviä kasaantui taivaalle.
- Taisit Matti nukkua koko matkan. Meni kolmatta tuntia aikaa tuossa tullessa. Kanootti oli huonosti kiinni lavalla, se piti välillä vetää liinoilla tiukempaan ja Kaalepilta unohtu piippu mökille. Käännyttiin takasin. Juotiin mökillä vielä kahvit. Maikki ei onnes heränny, Eno sanoi. Maljanen nousi autosta ja venytteli puutuneita jäseniään.
- Soeta Eno sille Maekille myöhemmin. Sano vaekka,

että ollaan jossain saitsiijingillä. Onhan tämä nyt aeka
salamyhkästä, Rönkkö sanoi.
- Kyllä minä sille illalla kerroin, että kalaan mennään
muutamiksi päiviksi. Sanoin ettei mahu kyytiin. Kun
kysyin olisko halunnut mukaan, se vain puisteli
päätään.
- Saapahan olla mökillä rauhassa, Maljanen sanoi.
- Sillä oli jotain mielen päällä. Oli kuin aaveen nähny ja
vaitonainen, Eno sanoi.

Rönkkö ja Maljanen kantoivat kanootin lammen
rantaan. Kaaleppi ja Eno alkoivat tehdä leiripaikkaa.
He pystyttivät teltan tasaiselle paikalle. Kantoivat
metsästä tervaskantoja nuotiopuiksi. Tekivätpä vielä
penkit nuotion ympärille metsästä löytämistään
vanhoista hirren pätkistä.
- On tainnu olla piilopirthi jollain thäälä. Olisko joku
sothaa piileskelly, Kaaleppi tuumaili puita kantaessaan.
Käristettiin siinä sitten rasvaiset makkarat ja Eno
korkkasi pullon ruokaryypyiksi.
- Ootellaanhan iltaa. Tuskin tänne muita tulee. Teidän
on kuitenkin parempi touhuta noitten pommien kanssa
illan hämärissä. Ei ainakaan kukaan tunnista niin
herkästi, Eno sanoi.
- Minä tuossa aattelin, että tehdään semmosia puolen
kilon satseja ja kokeillaan eri puolilta lampea, Maljanen
sanoi.
- Tehkää mitä teette, Eno sanoi. Häntä tympäisi siskon
pojan lapsellinen intoilu.

Perämoottori rupluttteli tasaisesti ja miehet vetivät
uistinta.

- Aja tuon niemen ohi. Siellä ne haukiemot asustelloo, Rönkkö huusi Maljaselle, joka ohjaili paattia.

Oikeassahan Rönkkö oli. Kun tultiin niemen nokan kohdalle, molemmilla tarttui kala kiinni melkein yhtä aikaa.

- Nyt ee sotketa siimoja yhteen. Ohjoo sitä sinne toeselle puolelle. Elä, elä piästä tänne. Sammuta se saatanan moottori. Tämä on aenakin viis kilonen. Piru, kun pistää vastaan kunnolla, Rönkkö hihkui innoissaan.

Maljanen sai haavattua oman haukensa kanoottiin. Pari kiloinen vonkale makasi väsyneenä kanootin pohjalla.

- Nyt se lähti tuas viemään...Piittää ottoo se varovasti, kelassa on niin ohut siima. Ota se huavi ja tuu kaveriks. Äkkiä. Tämä on oikee peto, Rönkkö patisti Maljasta.

- Sehän perkele vie koko venettä, Maljanen huusi.

Hauki tosiaan hinasi kevyttä kanoottia ja ei niin kevyitä miehiä rantaa kohti.

- Jarruta vaekka melalla. Kiännä kylyki haakeen päen, Rönkkö huusi ohjeitaan.

Maljanen venkoili kanootin kanssa ja Rönkkö sääteli kelansa jarrua. Viimein kala väsyi.

- No, nyt se on siinä. Ootahan vähän…

Maljanen heilautti haavia ja saikin kalan siihen. Komea hauki nousi kanoottiin. Veneen pohjalla se ei jaksanut muuta kuin vähän eviään liikutella. Maljanen kumautti sitä melalla muutaman kerran niskaan. Sitten veti puukollaan kaulavaltimon poikki.

Rönkkö nousi seisomaan laittaen kalan jousipuntariin.
- Vajjoo kakstoesta killoo. Johan on rottelopiä, hän
sanoi ja nosti kalan suorille käsilleen päänsä päälle.
- Tipu nyt jordaaniin sen kalas kanssa, Maljanen sanoi.
- Kiitos tästä sualiista, oe vetten ahtijumala. Jos ee
haaki meille maestu, niin anna kunnon humala, hän
huusi niin että rannat raikui. Miehet uistelivat vielä
jonkin aikaa lammen toisella rannalla, mutta kun
saalista ei enää tullut, he palasivat leiripaikalle.

Savukalan tuoksu leijui tyynessä illassa. Sade ei
tullutkaan, vaikka säätiedotus oli siitä varoitellut.
Rönkön pieni kannettava savustuspönttö kypsytti
hauen palaset maukkaiksi. Osa Rönkön saamasta
jättihauesta suolattiin ja Maljasen parikiloinen
säästettiin keittokalaksi.
- Makia se on tämä jänkhäsuskii, kun on vähä mausteita
sekhan. Meilä sitä moni pithää roskakalana. Eihän se
olekhan mithän lohen ja siian rinnalla tahi muikun,
mutta hyvä vaihteluksi se on, Kaaleppi sanoi.
Ruokajuomana juotiin Kaalepin tekemää kotikaljaa ja
väliin otettiin teräviä ryyppyjä pitkästä pullosta. Eno
kertoi vanhasta kalareissusta.
- Kun tuo Matti oli vielä pikkunen, semmonen noin
vaahtosammuttimen kokonen, ei taida ite muistaa. Niin
oltiin sen ja sen isän, Einon kanssa kalassa Saimaalla.
Meillä oli vuokralla semmonen vanha iso puuvene
leirintä-alueelta missä yövyttiin. Sillä sitten vedettiin
uistinta ja oli meillä siellä jokunen verkkokin. Oltiin
siinä verkkoja kokemassa, kun nousi hirveä myrsky ja

rantaan oli matkaa. Verkko jäi sitten siihen ja koetettiin
luovia äkkiä rantaan. Ei ollut siihen aikaan mitään
pelastusliivejä. Tuon Matin sain hätäsesti sidottua
ankkurinarulla veneen kokkaan minun selän taakse
kiinni. Vettä tuli pirusti ja vene pyöri ihan tuuliajolla.
Minä lapoin äyskärillä minkä kerkesin ja Eino yritti
soutaen pitää venettä pinnalla. Kuin ihmeen kaupalla
päästiin rantaan likomärkinä ja uupuneina. Onneksi
tulitikut löytyi repusta muovipussiin pakattuina ja
saatiin tehtyä tulet hyvään suojapaikkaan.
Kallioseinämästä löytyi semmonen luolan tapanen.
Siellä majotuttiin se yö.
- Minä muistan jotenkin hämärästi sen reissun. Näin
siitä uniakin pienenä, Maljanen sanoi.
- Isäs sanoi sinun pelänneen monta vuotta veneessä
olemista. Jättäähän se jälkensä semmonen seikkailu,
Eno sanoi ja lisäsi puita nuotioon.

Kaaleppi yllytettiin joikumaan, kun oli kehunut siitä
taidostaan tulomatkalla. Hän kaivoi isosta repustaan
vanhan ja kuluneen samaanirummun. Poron-nahkaista
kalvoa koristi punavärillä piirretyt eläinten kuvat.
- Tämä rumpu se kuulu ennen vanhaan meijän seudulla
monena iltana. Entinen omistaja Samaani-Simppa sen
miulle anto, kun olin pikkupoika. Mie joikhasen tässä
muinaisen kosimopojan joikhun. Sillä ne ennen aikhan

miehet houkutteli naisia luoksensa, kun alko tapit
tojimmaan. Saathaa kohtaa naistha pukata tällekin
rannalle.
- Oot tainu itekkii hookutella, Rönkkö naurahti.
Kaaleppi löysi sopivan puunoksan rumpukapulaksi.
Sitten hän vakavoitui kasvoiltaan. Muut miehet, jotka
aikaisemmin naureskelivat Kaalepin joiku-puheille,
tajusivat tämän olevan tosissaan. Ylväänä Kaaleppi
nousi lammen rannalla olevalle suurelle kivelle.
Miehet odottivat jännityksellä mitä tuleman piti.
Kaaleppi kumarsi syvään tuolle pienelle lammelle. Hän
aloitti rummutuksensa varovaisesti, kuin hiljaa kutsuen
suurempia voimia. Aloitettuaan joikunsa,
rummutuksen ääni koveni. Hypnoottinen rytmi tarttui
nopeasti muihinkin miehiin ja he istuivat paikoillaan
lumoutuneina. Miten paljon ääntä lähtikin tuosta
pienestä ukon käppänästä. Hän joikui sydämensä
täydeltä ja kaiku vastasi jostakin kaukaa.
Rummutuksen ja laulun äänet kertautuivat. Hän
vääntelehti ja jalatkin löivät tahtia tuohon mystiseen
joikuun. Välillä hän katkaisi rummutuksensa ja huusi
jotaitakin saamenkielisiä sanoja, samalla huitoen
käsillään lammelle päin. Tätä kesti lähemmäs tunnin
ajan, kunnes Kaaleppi putosi kiveltä rannan hietikolle
selälleen. Muut miehet olivat niin lumoutuneita,
etteivät osanneet sanoa, saati sitten tehdä mitään
vähään aikaan. Vähän toivuttuaan, he menivät
herättelemään

Kaaleppia, joka makasi tajuttomana.

- Tuntuu siinä vielä henki kulkevan, Eno sanoi.
- Taes ukko perkele vajota ranssiin, Rönkkö sanoi.
He nostivat Kaalepin kiveä vasten istumaan. Eno otti
taskustaan pienen konjakkipullon ja huljautti siitä
Kaalepin kurkkuun.
- Mitä, mitä, mitä... Kaaleppi sanoi ensin yskittyään.
- Suapi nähhä tullooko kiimasia naesia vastarannalta,
Rönkkö nauroi. Kaaleppi ryyppäsi pullosta.
- Aina on tullunna. Miehet istuivat nuotion ympärillä ja
tarinoivat. Puolikas kuu ja tähtitaivas antoivat lisävaloa
tervaskantojen loimottavalle tulelle.
- Taes jiähä pommimestarilta pommitukset huomiseen,
Rönkkö sanoi ja katseli Maljasta, joka nuokkui penkin
päässä.
- Matti, älä siihen nuku. Mene tuonne telttaan maate,
Eno huusi sisaren pojalleen. Maljanen nousi. Mutisten
jotain hän käveli hoippuen teltalle. Tanssiminen ja
joikuminen oli tuonut nälän tunteen Kaalepin sisuksiin.
Hän otti repustaan poronlihaa ja alkoi lämmittää sitä
tikun nokassa.
- Se on tuo kalastus ryöstäytynnä käsistä, tuolla
merellä nimithäin. Ei täälä sisämaasa enhää liiku
jalokala niin kuin ennen vanhhaan. Padonneet ovat
monet kosket piloille. Moni luulee ostavansa kaupasta
merilohta, vaikha se on vain kasvatettu althaassa.
Rehulla syötetty rasvainen kala. Onhan se tietysti

lähtöisin sieltä merestä... Kaaleppi sanoi.
- Niitä on niitä kalankasvattajia aevan älyttömästi.
Kilipaelu on kovvoo. Viime syksynä sae kirjolohta
alle kymppimarkkoo kilo, kun yks lohipaekka lopetti
toiminnan. Män konkurssiin. Omistaja ol kaljan
nahkee tyyppi. Ryyppäs lohirahat perseeseen, Rönkkö
sanoi.
- Minua vähän arveluttaa se dynamiitin kanssa kalastus.
Täältähän saa muutenkin kalaa, näkihän tuon... Ja jos
siitä käy käry, niin saadaan pirunmoiset sakot jokainen.
Matti saa potkut töistään, Eno sanoi. Hän nosti ison
juurakon jo hiipuvan nuotion päälle.
- Oon minäki pähkäelly. Ee oo mittään järkee koko
toohussa, Rönkkö sanoi.
- Mie oon ihan sammaa mieltä. Laitamma aamusella
verkot. Siika niihin vois uida. Tässä lammessa sitä
varmana on, Kaaleppi sanoi ja päätti mennä
nukkumaan.
- Kai tässä on viisainta mennä maate koko sakki. Ei
puhuta Matille vielä mitään. Jos se alkaa intoilla niiden
dynamiittien kanssa, niin pannaan poika järjestykseen,
Eno sanoi ja kömpi Kaalepin perässä telttaan.

Eno ja Kaaleppi laskivat neljä verkkoa lampeen,
Maljasen ja Rönkön vielä nukkuessa.
- Pojat, herätkäähän aamukahville, Eno huusi teltan
oviaukosta.
- Mitä kello on, Maljanen kysyi ja aukaisi
makuupussinsa vetoketjun.

- Päivä on jo melkein puolessa. Kyllä se sitten nuoria miehiä nukuttaa.

Rönkkökin heräsi, venytteli hetken ja meni sitten muiden seuraan ulos.

- Onnes ootte tehny kunnon tulet. Täällähän on pakkasta, Maljanen sanoi, kun veti villapaitaa päällensä.

- Met ei maatakhan puolpäivälle. Siellä on pyydöt jo laitethu. Mennään ongelle ennen verkkojen kokemista, Kaaleppi sanoi.

- Taidanpa jäädä kipinämikoks. Ei innosta lähteä tuonne kylmään kärvöttämään. Eihän siihen kanoottiin mahdukaan. Maljanen sanoi.

- Menkee vuan työ vanahukset. Minä jiän kanssa tänne toljottammaan. Myö laetetaan Maljasen kanssa ruuat, kun sanotte millon tuutte sieltä syömään, Rönkkö sanoi.

– Sovitaan, että tullaan vaikka tuossa kolmen maissa. Keittäkää siitä hauesta keitto. Siellä on perunoita minun repussa, ottakaa sieltä, Eno sanoi. Samalla auton ääni kantautui rantaan.

- Joku on tulossa. Onhan dynamiitit piilossa, Eno kysyi Maljaselta.

– Ne on peitelty pressun alle. Ei mitään hätiä. Tuskin ne mitään poliiseja ovat.

5.

Matkailuauto pysähtyi miesten luo. Se oli uuden ja kalliin näköinen.
- Moi vaan. Me taidettiin vähä eksyä. Mulla on tosi vanha kartta... Mikä rapakko tuo on, sitä ei mun kartasta löydy. Vittu, käännyttiin varmaan väärälle roadille... Voisitteko vähä neuvoo mua. Toi vaimo on tosi huono kartturi, aurinkolasipäinen nuori mies kysyi auton ikkunasta. Hän kaivoi peltirasiasta pikkusikarin. Auton takaosasta kuului lasten ääniä.
- Pojat olkaa hiljaa siellä takana. Isi puhuu setien kanssa, mies huusi taakseen.
- Minnekkä työ ootte menossa, Rönkkö kysyi ja huomasi miehen vieressä istuvan tyylikkään näköisen vaimon. Tämä katseli arasti Rönkköä.
- Tätäköhän se Kaalepin joiku tiesi, Rönkkö ajatteli.
- Tarkoitus olis löytää sopiva leirintäalue Sallasta. Ei löydetty. Tai ajettiin varmaan ohi.
Vittu, täältä landelta mitään löydy. Hei skidit takasin, mies huusi kahden ala-asteikäisten lastensa perään,

jotka ryntäsivät autosta mekkaloiden rantaan.
Toisella oli melutason ylittävää ääntä pitävä
leikkipyssy, toinen heilutti muovimiekkaa.
- Tsuk. Sä kuolit senkin sika, pienempi löi miekallaan
isompaa päähän. Isompi huitaisi pyssyllä pari kertaa
takaisin ja molemmat purskahtivat itkuun.
Heidän isänsä ryntäsi autosta ja talutti molemmat pojat
korvista puristaen autoon. Läimäytti sitten takaoven
voimalla kiinni ja meni takaisin ohjaamoon.
- Nyt turpa kiinni siellä. Ei osteta uusia rullaluistimia
kummallekaan tällä matkalla. Saatana, mitä pentuja.
Sano nyt sinäkin jotain, mies huusi vaimolleen.
- Pojat kiltisti nyt, nainen sanoi hennolla äänellään.
Tuskastunut ilme kasvoillaan etelän mies pyöräytti
suuren matkailuautonsa takaisin tulosuuntaan. Kovalla
vauhdilla hän lähti ajamaan kuoppaista metsätietä. Auto
hyppelehti ja keinahteli.
- Särköö se tuon taloaaton. Tuommosta meeninkiä
pittää. Ee sitten keretty neuvvoa sitä leerintäaluetta.
No, jospa nuo sinne löötävät. Kovin ol virkeen olosia
penskoja. Taes männä kuntilta hermot ja roovalta
meekit sekasin, Rönkkö sanoi.
- Rauhallista kesälomareissua tekivät, Eno sanoi.

Eno ja Kaaleppi laskivat kaksi täyttä muovisankoa
Maljasen eteen.
- Mitäs olet Matti mieltä, jos jätettäis se räjäyttely tältä
erää. Tuosta lammesta nousee kalaa yli oman tarpeen,
Eno sanoi ja nosti sankosta parikiloisen siian näytille.

- No, onpa ukot saaneet kunnolla kalaa. Eipä tuo nyt
niin tarpeellista oo se panostaminen. Minnekä ne kalat
tosiaan vietäs, jos niitä nousis pintaan veneellinen.
Jouduttas jättämään ne rantaan märkänemään, Maljanen
sanoi. Rönkkö hämmensi nuotiolla kiehuvaa
kalakeittoa. Herkullinen tuoksu leijaili ilmassa.
- Ruvetaan vuan syömään. Soppa on valamista. Tuossa
Maljasen kanssa tuumattiin, että myö voetas käävvä
kylillä. Tuo Maljanen kun on niin perso tuolle viinalle
ja se alakaa olla loppu. Jos sinä, Eno kehtoesit meijjät
viskata sinne kylille. Tultas sitten yöllä takasin vaekka
taksilla, Rönkkö sanoi.
- Vai semmosta. Lähetään vain. Vaikka heti syönnin
jälkeen. Kyllä minä teidät sinne voin heitää. Pitää
käydä samalla tankkaamassa tuota Matin autoa, Eno
sanoi kauhoessaan keittoa lautaselle.
 - Rönköllä itellään kolottaa kaljahammasta. Tuot sitten
tullessas Kaalepille niitä piipputupakoita. Eikös ne ollu
jo lopussa, Maljanen kysyi.
- Joo. Ostanpa samalla jonkun oluenkin tänne leiriin,
Eno sanoi.
- Met täälä tulia piethän ja kalastellaan. Pojjat sitten,
pitäkäähän ihtenne miehinä siellä ja koittakaa saada
pillua, Kaaleppi sanoi.

Perjantai-ilta. Tanssilattialla pyörähteli pareja
levymusiikin tahdissa. Myöhemmin illalla alkaisi

orkesteri soittamaan. Rönkköä ja Maljasta ei
tanssimiset kiinnostaneet, vaan he jäivät istumaan
tyhjään pöytään baarin puolelle.
- Ootko ikinä kääny karaokkee laalamassa, Rönkkö
kysyi Maljaselta.
- Muutaman kerran. Oon niin huono laulamaan, että ei
ilkeä ihan selvin päin.
- Minä oon yhesti kääny, enkä toesta kertoo mee.
- Mikäs sen siihen yhteen kertaan jätti?
- Kerran Iisalamessa hirveessä humalassa kävin.
Kaverit ol valinnu laalun, niin pakkohan se ol männä.
Kun se karaookenpitäjä kuulutti sinne lavalle, yritin
olla mänemättä. Perkeleet työnsivät väkisin sinne, niin
eikun laalammaan. Enhän minä ees kuullu mikä laalu
sieltä ol tulossa. Sitten se lähti jekkasemmaan ja
lukihan siinä ruuvussa että "Singing in the rain".
Tiijjäthän minun englanninkielen taijjot. Mutta
minähän perkele laaloin ja elehin siinä vielä
mukanakkii, tanssahtelin siinä kun mikäkii. Hirveeltä
se varmaan kuulosti, mutta eehän se vielä mittään. Olin
siinä niin elläätyneenä siihen esitykseen, etten
huomannu tarjoelijjoo, joka kanto täättä tarjotinta
viinoo ja kaljoo. Enkö minä siinä heeluessa huitassu
käellä ja siltä lens tietysti se tarjotin nurin. Onnes ee

kukkaan suanu lasia piähänsä, moni kyllä kastu siinä viinasatteessa, Rönkkö muisteli.

- Ne on voinu sitten laulaa sitä samaa laulua, singingintherainia, Maljanen naureskeli.

Rönkön kertomus kantautui naapuripöytäläisten korviin.

- Jouduit sitten maksamaan korvauksia, kysyi kaljupäinen mies vieruspöydästä.

- Ja paljo. Piti tietysti maksoo ne paakut ja kaljat. Viielle hengelle maksoin ihan suosiolla kakssattoo mieheen. Niillä ol tukat ja vuatteet viinassa. Hyvä etten suanu turpaan, ol sen verran äkäsiä ne, Rönkkö sanoi ja hörppäsi oluttaan.

- Tulkaa tänne istumaan, tummaviiksinen mies sanoi ja pyysi muita tekemään tilaa Maljaselle ja Rönkölle.

- Me ollaan Kemijärveltä, tultiin vähä lomailemaan, kaljupäinen ja riskin näköinen mies sanoi.

Kemijärveläiset istuivat kolmestaan. Kaikilla heillä oli tatuointeja. Viiksekkään miehen poskea koristi pitkä arpi, joka sai hänet näyttämään Maljasen mielestä pelottavalta. Kaljupää vaikutti hermostuneelta, sen toinen silmä nyki ja se raapi tuon tuosta päätään. Maljanen arvioi kolmannen ja hiljaisimman miehen pituuden alle 165 senttiseksi.

- Me ollaan merimiehiä ja tultiin tänne sisämaahan ryyppäämään, viiksekäs sanoi.

- Minä oon Rönkkö Savosta ja tuo Maljanen on Salosta, Rönkkö esitteli.

Maikki nukkui yönsä huonosti. Herättyään aamulla ja vähän syötyään, hän alkoi siivota. Tuskissaan ja peloissaan heilui kuin heinämies. Kantoi kaikki matot ja petivaatteet ulos tuulettumaan, imuroi ja pesi lattiat, pyyhki pölyt ja tiskasi likaiset astiat.

- Se ei saa olla syöpä, hän hoki mielessään ja välillä ääneenkin. Viimeiseksi vielä saunan siivottuaan, hän istahti uupuneena saunan terassille. Hengästyneenä hän näppäili tutun naislääkärin kotinumeron.

- Tulet heti maanantaina sitä näyttämään minulle terveyskeskukseen. Koita rentoutua nyt viikonloppuna. Lääkkeillä voidaan nykyään hoitaa pahojakin sairauksia, lääkäri sanoi. Hän lohdutteli vielä, että se saattoi olla vain hyvälaatuinen kasvain tai jotain muuta vaaratonta. Tämä rauhoitti Maikkia. Hän päätti lähteä kylälle tuulettumaan. Linja-auto kulkisi puolen tunnin päästä. Mökin risteyksen lähellä olisi pysäkki. Maikille tuli kiire. Nopeasti hän pesi enimmät hiet pois saunassa, laittoi parhaimmat vaatteet päällensä ja meikkasi itsensä. Piikkikorkokengillään hän juoksi polun niin nopeasti kuin vain jaksoi ja ennätti bussin kyytiin.

– On tytöllä tainna pitää kiirusta, kun nuin hengästyttää, nuorehko kuski sanoi ottaessaan maksua.

Maikki istahti etummaiselle penkkiriville, muita matkustajia ei ollut.

- Eipä ole kylille menijöitä. Ainako sä yksinäs ajelet täällä, Maikki kysyi ja katsoi kiinnostuneena miestä, joka ei näyttänyt ollenkaan linja-autokuskilta.

Nahkatakki ja kuluneet farkut korvasivat yleisesti
käytetyn sinisen virka-asun. Lenkkikengillä hän hoiteli
polkimia.
- Tämä syys- ja talviaika on tosi hiljasta. Sinä oot
ensmäinen kuljetettava tällä viikolla. Minua se ei
haittaa. Rahat tulee tilille, oli täyttä tai tyhjää. Saisivat
kyllä lakkauttaa koko linjan. No, ainakin talviajalta.
Kesällä täällä on niitä turisteja enemmän. Sillon ne
ravaa siellä kylällä jatkuvaan, kuski sanoi. Hän tarjosi
Maikille tupakan.
- Ei tule muita kyytiin, sama poltella. Mutkan Jussi
menis kyllä kylille, mutta se oli joutunu jo
aamupäivällä putkaan. Akkansa piessy sairaalakuntoon.
Maikki istui ajatellen sallalaisia kavereitaan. Hellulle ja
Jaanalle hän soittaisi heti kun pääsisi kylälle. Heidän
kanssa tehtiin monet mukavat reissut jo teinityttöinä.
Ensimmäiset kömpelöt seksikokemukset hän sai kokea
Sallassa. Hän muisteli tanssilavaa ja pisamanaamaista
poikaa. Ladan takapenkillä meni neitsyys, viisitoista
vuotiaana viattomuus. Mitähän sillekin jätkän
retaleelle kuuluu. Joku oli sanonut sen muuttaneen
Ruotsiin, aivan sama. Illalla otettaisiin rennosti tyttöjen
kanssa ja tiedä vaikka kapakassa törmäisi johonkin
mukavaan mieheen, hän ajatteli.

Maljasta pidettiin kaveripiirissä kovana itsensä
kehujana, kun hän juopuneena pääsi vauhtiin. Hän
kertoi kemijärveläisille miehille mahtavista

kalansaaliistaan ja loistavasta autostaan. Mainosti Saloa
Suomen parhaimmaksi paikaksi ja itseään kovimmaksi
panostajaksi niillä seuduin.
- Minulla on nytkin dynamiittia mukana useita kiloja,
jos vaikka vähän posauttelis huvikseen kiviä ilmaan.
Kemijärven miehet epäilivät Maljasta.
- Paskat siulla mithään dynyä on, viiksekäs sanoi.
Maljanen vähän tuohtui.
- Tule huomenna tänne, niin näytän. Auton lavalla sitä
kuule riittää. Ja on niin helvetisti, että räjäyttäs vaikka
koko Sallan ilmaan.
Kemijärveläiset vilkuilivat toisiaan silmiin. Kaljupäinen
nousi pöydästä.
- Me lähetään nyt, hän sanoi ja muut seurasivat häntä
kuin käskystä. Pienin ja hiljaisin iski lähtiessään
Maljaselle silmää ja hymyili kieron näköisenä.
- Minnekkähän ne mäni yöksi, melekosia mermiehiä,
Rönkkö sanoi miesten poistuttua.
- Eivät meinannu uskoa niistä dynyistä... No, samahan
tuo. Otetaanko vielä yhdet, kohta tulee valomerkki,
Maljanen sanoi ja otti drinkkilasinsa hakeakseen lisää.
- Tuo minulle samanlainen, Rönkkö sanoi ja antoi
Maljaselle rahaa. Tanssilattialla parit painautuivat
toisiaan vasten. Rönkkö katseli haikeana onnellisen
näköisiä tanssijoita. Hän tajusi itse olevan niin
humaltunut, ettei kannattaisi mennä hakemaan ketään
naista viimeisille hitaille. Tekisi vain itsestään hölmön
horjuessaan ja tallatessaan tanssikaverinsa varpaita.

Hän huomasi huuruisilla silmillään tutun näköisen
tanssijan.
- Tuossapa on vaihtorahat ja juomas, Maljanen sanoi
pöytään istuttuaan.
- Kato Maljanen tuonne. Serkkutyttös tanssii jonniin
räkänokan kanssa. Sehän on piru kaanis naenen kun on
vielä tälläytynnä tuolla laella, meekit ja kaekki,
Rönkkö viittoi tanssilattialle päin.
- Niin näkyy Maikki siellä olevan. Lähteny
tuulettumaan sekin. Rönkkö seurasi, kun mies saatteli
Maikin pöytäänsä. Maikki istui kahden muun naisen
seurueessa.
- Terve Maekki, Rönkkö huusi jo kaukaa, ennen kuin
tuli pöydän luokse.
- Tulukee koko porukka tuonne puppiin meijjän
pöötään. Myö istutaan siellä Maljasen kanssa
kahestaan. Sinne mahtuu, Rönkkö houkutteli.
Tytöt juttelivat jotain keskenään, Rönkön seistessä
syrjemmällä. Maikki hyvästeli kaverinsa ja lähti sitten
Rönkön kanssa baarin puolelle.

Klemetti tuli hakemaan sekalaista seurakuntaa
ravintolan edestä.
- Lemetti perkele. Päevee, Rönkkö huudahti astuessaan
kyytiin. He olivat ravintolassa päättäneet mennä
Maljasen mökille yöksi. Kaverit olisivat vieneet
Maikin jonnekin mökille yöksi, mutta Rönkkö sai
hänet ylipuhuttua mukaan.
- Etkös sinä Klemetti oo entinen mäkihyppääjä? Minä

muistelen sinun olleen aikanas ihan SM-tasolla,
Maljanen sanoi. Klemetti tuli harmistuneen näköiseksi.
- Onhan sitä tullu hypeltyä, hän sanoi vaivaantuneena.
Rönkkö työnsi päänsä takapenkiltä. Hän yritti
kuunnella ja osallistua miesten keskusteluun. Suusta
tuli kuitenkin vain epämääräistä örinää. Lopulta kun
hän ei saanut miesten sanoista mitään selvää, siirsi
päänsä vasten sivulasia.
- Mihinkä se sitten loppui, tuliko vammoja, Maljanen
kysyi.
- Ei pahempia vammoja ollu. Etkö lukenu, olihan siitä
lehdissäkin silloin? Meni Lahden kisat vähän niinku
vituralleen. Siitä nyt on jo aikaa... En mie sitä
mielellään muistelisi, Klemetti sanoi.
- No kerro nyt saatana, Maljanen hoputti ja Klemetti
alkoi kertoa karua kertomaa.
- Siihen aikaan ei ollu mitään edustusautoja
parhaammalla mäkimiehelläkään. Miun olis pitäny
lentää sinne Lahteen aamukoneella Rovaniemeltä, mutta
tuli otettua edellisenä iltana kuppia täällä Sallassa, enkä
sitten heränny ajoissa. Hirveellä vauhdilla tilasin siihen
sitten Lehtosen taksin. Sukset ja hyppypuku kyytiin ja
eikun lähettin kohti Salpausselkää. Lupasin Lehtoselle
tarjota kisojen jälkeen viinat, jos kerettäs perille ajoissa.
Kisat alko ilta seittämältä ja oli pirun kiire.
- Ehittekö sitten, Maikkikin kiinnostui.
- Lehtonen paino sataaviittäkymppiä ja kerettiin

paikalle ihan viime tippaan. Siitä vaan sitten
pukukoppiin laittamaan varusteita päälle. Haalarit
sujahti nopeasti, mutta jotain puuttu. Siinä
lähtötohinassa oli unohtunu monot kellarin rappuun.
Maikki ja Maljanen rämähtivät nauramaan. Rönkkö
nuokkui puoliunessaan.
- Mites sitten, hyppäsitkö ollenkaan, Maljanen kysyi.
- No perkele kun sinne asti oli tultu, niin olihan se
hypättävä. Alkoivat jo kuulutella numero 63:sta
hyppäämään. Miun numero oli 67. Lehtosen
talvilenkkarit änkäsin hätäpäissään jalkaan. Siellä
pukukopissa äkkiä kokeiltuna ne tuntu istuvan ihan
hyvin suksien siteisiin. Ei ollu vielä hissiä torniin
sillon. Ramppasin rappuset äkkiä ylös. Siellä kun
vetäsin sukset jalkaan, ne saatanan tohvelit lonksu
siteissä kuin... No, sanonko mikä ja missä. Kolme
numeroa liian isotkin ne olivat. Ei ollu siihen aikaan
niin tarkkoja turvatarkastuksia. Lätkäsivät vaan
numerolapun rintaan.
- Ja leiskautitpa sitten Suomen ennätyksen. Niinkö,
Maljanen irvaili.
- No. Miun vuoro sitten tuli ja eikun hyppäämään.
Mäkimonttu täynnä ihmisiä odottamassa Lapin Liito-
oravaa, niinku ne minnuu sillon kutsuivat. Ensmäinen
suksi irtosi jo hyppyripöydältä ponnistaessa. Vedäpä
siihen v-asentoa, saatana. Toinen tippu ilmalennon
aikana. Vedin siihen telemarkit loppuun Lehtosen
kusiluistimilla ja tulin kolmenkymmenenkahdeksan
metrin kohdalta leualla lunta kyntäen alas, ihmisten
ensin kauhistellessa ja sitten kun tajusivat, ettei miulle

55

käynyt mitenkään pahasti, nauraessa. Saatte uskoa, että minnuu hävetti ja vitutti.
- Eipä tainu tehdä mieli hypätä enää, Maljanen kysyi varovasti ja katsoi Klemettiä, joka oli järkyttyneen näköinen omasta kertomuksestaan.
- No, siihenhän se sitten loppu. Ainut lohtu siinä oli, että kukaan ei ole vielä tänä päivänäkään tullu alas neljäänkymmeneen pelkät kengät jalassa. Se on lajinsa maailmanennätys, Klemetti nauroi jo itsekin tapahtuneelle.

Lammella Enon ja Kaalepin ilta sujui mukavasti. He eivät enää kalastelleet, sillä kalaa oli yli omankin tarpeen, suolattuna ja savustettuna. Lisää tulipuita kerättyään, he istuksivat nuotion lämmössä ja läiskivät korttia. Huono oli Kaalepin pokerinaama. He pelasivat sököä ja aina kun Kaaleppi sai hyvät kortit, hymy levisi kasvoille. Piippu rohisi entistä kovemmin, kun hän veti ahnaasti vahvaa savua keuhkoihinsa. Eno pysyi tyynenä, niin kuin yleensäkin ja keräsi voitot helposti itselleen. Ei tarvinnut pelätä metsän petoja. Kaalepin kiroileminen kaikui kauas salolle, kun hän hävisi lompakollisen rahaa. Sen verran ääntä hänestä lähti, että kilometrin päässä kulkeva karhuvanhuskin heidät kuuli. Se seisoi hetken takajaloillaan nuuskien ja kuunnellen, kunnes jatkoi rauhallista juomistaan suon

silmäkkeestä. Eno tarjosi lohdutukseksi Kaalepille
Ranskasta ostamaansa kallista konjakkia.
- Pienistä rahoistahan tässä pelattiin. Sinulla pirulla on
pankkitili pullollaan seteleitä, hän sanoi.
- Ka niin. Otethan revanssi vielä.
Eno ja Kaaleppi tuumasivat, etteivät Maljanen ja
Rönkkö tulisi kapakkareissultaan ennen seuraavaa
päivää. Nuoret miehet jaksaisivat riekkua humalassa ja
naisten perässä montakin päivää. Ei heidän takiaan
tarvitsisi soitella eikä hätäillä.
Teltan ovi-aukon eteen he kyhäsivät rakovalkean.
Sen lämmössä nukuttaisiin makeasti.

Aamulla Rönkkö heräsi ensimmäisenä mökissä. Tulta
oli saatava äkkiä hellaan, sillä hän aivan tärisi kylmästä
ja krapulan tuomista oireista.
– Mitähän sitä eelen tul tolskattua. Muisti pätkii… hän
ajatteli itsekseen.
Hän yritti muistella illan tapahtumia. Alku-ilta piirtyi
selvinä kuvina mieleen. Kemijärven merimiehet ja
Maikin haku pöytään. Mutta sen jälkeen sitten alkoikin
hämärtää. Hän laittoi kahvipannun liedelle
kuumenemaan ja meni kammariin herättelemään
Maljasta.
- Nouseppa ylös reuhake, hän huikkasi kammarin
ovelta.
Maljanen nousi venytellen sängystään ja puki lattialle

heitetyt vaatteet päällensä.

- Missäs se Maekki on, Rönkkö kysyi.

–Etkö sinä ketku muista. Se meni nukkumaan aittaan. Etkö tosiaan muista? Sinä yritit kähmiä sitä taksissa.

- Elä saatana... Nyt kyllä hävettää. Mitäs se Maekki, läppäskö korville, Rönkkö kysyi.

- Ei se kaukana ollut. Pirun vihasena oli. Sinä nuokuit tullessa ja virkosit sitten ihan yllättäin. Vähä puristelit tissistä, ei sen kummempaa. Onnes sitten kiinnitit humalaisen huomios jonnekin muualle. Taksi piti pysäyttää Lammilan viinitilan risteyksen kohdalla, Maljanen sanoi.

- Kuselle tietysti?

- Eikä mitä. Klemetin ja minun estelyistä huolimatta, sinun piti päästä ostamaan vinkkua sieltä. Et tienny vuorokauden ajasta mitään. Herätit koko talon mölinöilläs. Kello oli jotain viis. Talon isäntä heitti tyhjällä pullolla perään, kun juoksit reikäpäänä takasin taksiin. Eipähän tarvii käydä enää sielläkään viinejä ostelemassa, Maljanen sanoi katkerana.

- Viinimarjoistako ne sitä viiniä tekee, Rönkkö kysyi alta kulmien katsellen.

- Viinimarjoista, vastasi Maljanen.

Maikki heräsi hämärästä aitasta. Ainut ikkuna antoi vain vähän valoa sängyn jalkopäähän. Häntä paleli. Aamuyöstä oli tuntunut mukavalta kömpiä karhuntaljan alle nukkumaan, mutta noustessaan sängystä, hän tunsi

jäätyvänsä siihen paikkaan. Nopeasti hän sujautti takin
päällensä ja kengät jalkaansa. Mökkiin juostessaan, hän
huomasi päivän olevan jo pitkällä. Kahvin tuoksu
lehahti nenään, kun hän aukaisi mökin oven. Rönkkö
siellä kattoi aamiaispöytää, vaikka kello näyttikin jo
päälle puoltapäivää. Maikki huomasi Rönkön
nolostuneen ilmeen.
- Miun takiako sitä pöytää noin koreaksi laitat, hän
kysyi Rönköltä.
- Vähän siitä eelisestä... En tarkottannu mittään
pahhoo. Maljanen kerto minun olleen tosi törkeä,
Rönkkö sanoi leipää leikatessaan.
- Mitä tuosta, unohda koko juttu. Olit niin hirveessä
kännissä, Maikki sanoi. Maljanen tuli kammarista
tupaan.
- Oho. On siinä monenlaista sorttia pöytään laitettu.
Taitaa ollakin joku juhlapäivä tänään, Maljanen virnuili
Rönkölle, joka kaatoi kahvia kuppeihin.
- Pieppäs turpas tukossa ja tuu syömään, jos mikkään
pyssyy sisälläs, Rönkkö sanoi.
Kun Maikki astui pöydän ääreen, Rönkkö veti tuolia
taakse päin, tarjoten paikkaa kuin paraskin herrasmies.
- Oleppa hyvä. Täytyyhän sitä olla vähän parempoo
tarjolla, kun on kaanis naenen talossa.
Edellisenä iltana oli syöminen jäänyt väliin, joten ruoka
maistui. Syötyään Maljanen meni ulos tupakalle ja
soitti kännykällään Enolle. Kävi sitten hakemassa
kaivolta raikasta vettä.

- Siellä ovat korttia pelanneet. Eno sano, että tulevat
illalla pois sieltä. Kyseli eilisestä. Kerroin, että Rönkkö
se kävi tutustumassa viinitilaan, Maljanen huusi huusiin
mennessään Maikille ja Rönkölle, jotka istuivat mökin
rappusilla.

Illalla Maljanen huomasi kuinka Maikki ja Rönkkö
viihtyivät hyvin toistensa seurassa. Rönkkö käyttäytyi
kuin uusi mies. Leperteli kauniita sanoja, Maikin
hymistellessä takaisin. Ei enää kiroillutkaan, varoi
ärräpäitä. Tukkaansa suki vanhalla kammallaan tuon
tuosta. Hymy levisi kasvoille aina kun katse kohtasi
Maikin kanssa. Niinköhän tuo Rönkkö pyrkii samaan
sukuun, ajatteli Maljanen. Maikkikin näytti
naisellisemmalta kuin aikaisemmin. Ei se ennen
meikkiä naamaansa laittanut mökillä ollessaan. Sen
päällä kiilsi silkkinen tällinki ja hajuveden tuoksu
tappoi varmaan hiiretkin mökin vintistä.
- Eihän tuota viitti katsoa. Antaapa heidän tutustua
paremmin toisiinsa, Maljanen ajatteli.
Hän otti makkarapaketin ja puukon mukaansa. Laittoi
lämmintä päällensä ja meni ulos.

- Hohoi. Tulkaapas sieltä sisältä tänne nuotiolle. Olis
makkaraa paistettavaksi, Maljanen huusi. Maikki ja
Rönkkö tulivat käsi kädessä nuotion lämpöön.

Maljanen kohenteli hiillosta muina miehinä ja ei ollut huomaavinaankaan noiden kahden onnea.

- Siinä ne nyt kiehnäävät ja suutelevat. Saas nähdä mitä tuostakin tulee, Maljanen ajatteli.

- Oli se Kaalepin joikuesitys melkonen, Maljanen sanoi keventääkseen tunnelmaa.

- Mukava ukkohan se Kualeppi on, Rönkkö sanoi ja kertoi Maikille rannan tapahtumista.

- Etpä taida Mattikaan tietää Kaalepin sukutarinaa, Maikki sanoi ja alkoi paistaa makkaraansa tikulla nuotion hiilloksen päällä.

- Jotain oon kuullu. Eikös sillä suvussa oo ollu murhamiehiä, Maljanen yritti muistella.

- Kaalepin sukujuuret on sieltä Sonkajärveltä. Etkö ole kuullu puhuttavan oman seutus lappalaisista, Maikki kysyi Rönköltä.

- Vae Sonkajärveltä. Johan ol sattuma. En oo kuullu.

- Pitäs olla tietonen oman kylän historiasta, Maikki sanoi.

- Empä oo niin hirveesti perehtynnä Sonkajärven historiiaan. Sen tiijjän, että ensmäesenä sinne jokivarsiin asettuivat Rönköt ja Huttuset, Rönkkö sanoi.

- Kaalepin isoisän isoisä asusteli siellä joskus 1700-luvulla. Siellä asui paljon lappalaisia ja savolaiset vihasivat heitä. Liekö syynä ollu kateus maista ja muista. Eskelisen suku oli tunnettu lappalaisvihastaan.

Kerrottiin yhen Erik Eskelisen tappaneen kuusi lappalaista pelkällä kirveellä. Yhtenä iltana viha roihahti täyteen tuleensa, kun eräs lappalais-nuorukainen yllätettiin erään Eskelisen tyttären aitasta muhinoimasta. Paljastui, että tytöllä oli ollut suhde nuoreen lappalaismieheen jo pitkään. Kaikki Eskelisen suvun miehet kokoontuivat sinne aitan eteen ja lappalaisnuorukainen hirtettiin kylmästi vanhan männyn jykevälle oksalle. Kaalepin isoisän isoisä oli seurannut hirttohommaa kauempaa piilosta ja juoksi varoittamaan muita kylän lappalaisia savolaisten tappomeiningistä. Paniikki oli valtava. Ihmiset keräilivät vähiä kamppeitaan ja säntäsivät pakoon pohjoista kohti. Kaalepin esi-isä ei kuitenkaan lähtenyt päätäpahkaa pakoon, vaan palasi Eskelisen talolle. Hän arvasi, että savolaiset olivat jo lähteneet etsimään muita lappalaisia tappaakseen heidät. Se Kaalepin esi-isä oli tuntenut nuoren lappalaispojan, joka oli hirtetty ja oli päättänyt kostaa tämän puolesta. Hän sytytti talon tuleen, ajoi eläimet navetasta metsään. Talon ainoan hevosen hän satuloi ja lähti sitten sillä metsiä pitkin pakenemaan.

- Taispa selvitä sieltä, kun kerta Kaaleppi on elossa, Maljanen tuumasi.

- Kaaleppi on sukunsa viimeinen, Maikki sanoi.

Makkarat syötyään Maljanen päätti lähteä mökkiin nukkumaan.

- Eivätpä tulleet vielä sieltä lammelta. Ovat varmaan
alkaneet saada kunnolla kalaa. Kyllä ne yöllä jollain
aikaa tulee, Maikki sanoi.
- Varmaan lämmittävät saunan tultuaan. Eikun öitä
vaan, Maljanen sanoi mökkiin mennessään.
Maikki ja Rönkkö jäivät vielä nuotiolle istuksimaan.
Rönkön silmät löysivät vielä hämärässäkin Maikin
polttavan katseen. Rakkaudesta kiihkeä yö valvotti
heitä pitkään, aamun tunneille asti.

Rönkkö heräsi aitasta Maikin vierestä.
- Huomenta kulta, Rönkkö leperteli Maikin korvaan.
Maikki aukaisi silmänsä ja suuteli Rönkköä otsaan.
- Mitä sie siinä kullittelet. Melkonen olit, kuin mikäkin
sonni, hän hykerteli Rönkölle.
- Elä, elä tyttö kehtoo, Rönkkö sanoi hieman
noloissaan. Maikki alkoi harjata pitkää, tummaa
tukkaansa pienen käsipeilin edessä. Rönkkö katsoi
ikkunasta ulos. Kuin kesää eläisi. Aurinko antoi
lämpöään pilvettömältä taivaalta. Hän huomasi Enon ja
Kaalepin palanneen reissultaan.
- Ovat tulleet isäs ja Kaaleppi. Se poltteloo piippua
tuolla saanan varjossa. Mitteehän se isäs meistä
aatteloo. Pittää minua varmaan melekosena
hunsvottina, Rönkkö kysyi.
- Et sen kummempi oo kuin muutkaan. Tunteehan isä
jo sut. Mennään vaan sisälle. Katotaan ovatko saaneet
millaisia kaloja.

Eno ja Kaaleppi kertoivat reissustaan.

Kalaa oli tullut ja paljon. He olivat antaneet osan saaliistaan jollekin vanhalle pariskunnalle.

- Mielellään ottivat vastaan. Ukolla näytti olevan huonot jalat. Tuskin pääsee enää itse kalalle, Eno sanoi.

- Aiko akka keithon keitellä. Mitenkäs se nuori lempi leiskuaa, Kaaleppi kysyi yllättäin. Rönkkö meni hämilleen.

- Maljanen männy juoruammaan, hän ajatteli.

- Omapahan on asiamme, Maikki sanoi tomerasti.

Eno iski Kaalepille silmää ja tämä älysi olla enempi kiusaamatta.

7.

Maljanen parkkeerasi autoa kaupan pihaan. Huomasi sitten kaupan olevan sunnuntaisin suljettu.
- Muistatkos mitä lupasit niille Kemijärven jätkille siellä puarissa, Rönkkö kysyi.
- Nimittäin tuolta ne kolome lompsii tänne päen.
He katsoivat, kun pienin miehistä koputti Rönkön puoleiseen ikkunaan, tatuoitu kotkan kuva tuijotti kämmenselästä. Rönkkö avasi ikkunan.
- Mitäs savon miehet? Vieläkö lomat jatkuu, kyseli arpinaama.
- Jatkuuhan tuo, niin kauvan kun pietään. Muonoo tultiin kioskilta hakemaan. Saes olla joku kaappa auki sunnuntainakin, Rönkkö vastasi ja huomasi sivupeilistä kaljupäisen nostelevan pressun reunaa auki.
Hän tönäisi Maljasta kylkeen. Miehet astuivat ulos autosta.
- Mikäs siellä kiinnostaa. Meillä on siellä vain yksityisiä tavaroita, Maljanen sanoi.

- Enhän mie muuta, vaan kun niistä dynamiiteistä puhuitte, kaljupää vastasi ja koputteli auton pellissä olevia ruostelänttejä.
- Sitähän kuule riittää. Ootahan vähän.

Maljanen innostui niin, että vetäisi vauhdilla laatikon auton lavalta ja nosti sen maahan auton taakse.

- Et sinä mölöhö aattele yhtään, Rönkkö yritti puuttua asiaan.
- Vilautan vain vähän arkun sisältöä, Maljanen kerskui.

Miehet kerääntyivät katsomaan mitä laatikosta löytyy.

- On siinä dynyä ihan kunnon annos, kaljupäinen sanoi.
- Haluatteko nähdä miten paska lentää? Voitas käydä vaikka hiekkahaudalla posauttamassa, Maljanen sanoi.
- Jos nyt ee kuitenkaan. Pitäs käyvvä kioskillakin, männöö turhaan aekoo, Rönkkö yritti estellä.
- Kyllä se meille käy. Voidaan ootella, käykää vain ostoksilla. Meillä on biili tuossa ihan lähellä, kaljupäinen sanoi.
- Ajellaan sitten peräkkäin. Minä tiedän hyvän paikan jysäytellä, Maljanen sanoi. Kemijärveläiset menivät autolleen.
- Käy sinä ärrällä. Minä soetan Maekille, että tullaan myöhemmin. On sille vähä muutakin asioo, Rantalainen sanoi.
- Lemmen kipee Rönkkö. Ostanko Maikille vietäväs sydämen muotoisia suklaita?
- Piä turpas kiinni.

Maljanen asenteli dynamiittipötkyt ja kytki piuhat laukasimeen.

- Eivätpä uskoneet mitä dyny voi tehdä. Näytänpä vähän pohjoisen pojille mallia, Maljanen ajatteli.

Miehet katsoivat reilun matkan päästä montun reunalta, kun vanha hylätty työmaakoppi räjähti tuusan nuuskaksi. Laudan palasia lenteli ympäri montun pohjaa.

- Johan perkele pasahti, kaljupää huudahti Maljasen tullessa ampupaikaltaan.

- Kilolla lentää tuommoset pikku tönöt, Maljanen leuhkaili.

- On näköjään tehoja, on. Otappa Maljanen tuosta ryyppy, kaljupää tarjosi pulloa. Maljanen otti kirkkaasta pullosta pitkän huikan. Ylpeänä hän kertoi kaljupäälle panostus-urakoistaan. Paljon oli mennyt kalliota matalaksi eri puolilla Suomea. Rönkkö teki lähtöä ja käveli autolle päin. Hän käännähti kutsuakseen Maljasta, kun huomasi arpinaaman kädessä pistoolin. Tämä tähtäsi sillä puunrungolla kiipeävää oravaa.

- Elä kuule ammu viatonta luontokappaletta. Annahan vuan orkun juoksennella. Arpinaama käveli Rönkön luo. Tyynesti hän nosti pistoolin piipun Rönkön ohimolle.

- Ammun sitten sinut, hän sanoi ja kaikki muut jähmettyivät paikoilleen.

Maljanen ja Rönkkö istuivat autossa hämillään tapahtuneesta.

- Perkele. Vieläkin tärisyttää, Maljanen sanoi.

Hänestä soramonttu näytti autiomaalta hämärtyvässä illassa. Häntä kadutti oma typeryytensä dynamiitilla leikkiessään ja kadutti koko panostajan ammatin valinta. Mieluummin hän olisi ollut vaikka siivooja sillä hetkellä ja siitä eteenkin päin.

Kemijärveläisille oli ilmestynyt toinenkin pistooli käteen. He olivat ottaneet Maljaselta ja Rönköltä kännykät ja pakottaneet heidät autoon.

Dynamiittilaatikon olivat kantaneet oman autonsa peräkonttiin.

- Pidätte sitten turpanne kiinni kytille. Ei se tuon Maljasen kyllä kannatakaan huudella, kun tätä dynyä oli nyt vähä liikaa mukana, olivat miehet pois lähtiessään auton ikkunasta huudelleet ja ammuskelleet vielä pistooleillaan ilmaan kuin varoitukseksi tulevasta.

- Kaekkeen helevettiin sitä pittää sotkeetua, Rönkkö sanoi ja laittoi lämmityslaitteen puhaltamaan lämpimämpää. Häntä harmitti myös se, että Maikki lähtisi jo seuraavana aamuna kotiinsa. Baarin työt Maikkia kutsuivat.

- Ei puhuta tästä kellekään. Minä oon kyllä kusessa vielä tämän kanssa, Maljanen sanoi.

- Samassa liemessä sitä minäkii.

Mökille ajaessa alkoi hiljalleen sataa ja kun he kävelivät
mökille vievälle polulle, sade yltyi. Loppumatkan he
juoksivat.
- Mikäs teitä viivytti, Eno kysyi.
- Kateltiin vähä paekkoja, Rönkkö
vastasi ja vinkkasi silmää Maljaselle.
- Komeathan ne maisemat thäälä, Kaaleppi sanoi ja
alkoi ladata piippuaan.
- Vaihtakaa nuo märät rytkyt kuivempiin niin pääsette
syömään. Saunakin on tulilla, Maikki sanoi ja auttoi
Rönkköä takin riisumisessa.
Miehet söivät ja saunoivat sen päälle. Koko iltana ei
montaa sanaa vaihdettu.

Yöllä aitassa Maikki ihmetteli Rönkköä.
- Siinä vain hiljaa istuu. Jotain sillä on nyt pielessä. Ei
kai se miulle oo suuttunu, Maikki ajatteli.
- Minua ee nyt vielä nukuta. Taijjan mennä vähä
kävelemmään.
- Älä nyt tuonne sateeseen. Saat kuolemantaudin vielä.
- Eehän tuolla ennee paljon... Tuun sitten kohta vierees
köllöttelemmään. Rönkkö laittoi takin päälleen ja meni
aitan narisevasta ovesta ulos. Maikki mietti vielä vähän
aikaa Rönkköä ja nukahti pian huopakatosta kuuluvaan
sateen ropinaan. Rönkkö katseli taivaalle. Ilma
kirkastui. Pilvien takaa näkyi jo selkeä taivas ja vettä
ripeksi enää vain nimeksi.
- Kalastaessa se mieli raahottuu, hän ajatteli.
Hän haki autosta virvelin ja uistinpakin. Lähti sitten
kävelemään verkkaisesti joen rantaan.

Maljanen heräsi mökin tuvassa oven koputukseen. Hän vilkaisi rannekelloaan ja se näytti aamu kuutta. Enon ja Kaalepin kuorsaus kuului kamarista.Maljanen veti housut jalkaansa.

- Kukahan siellä tähän aikaan, hän ajatteli avatessaan tuvan verhoja. Ulkona seisoi reilu viisikymppinen tyylikkäästi pukeutunut mies ja lyhyenläntä nuorempi virkapukuinen poliisi.

- Olen komisario Kemppainen ja tuo on konstaapeli Suro. Kyseltäs Matti Maljasta ja Rönkköä, jonka etunimi ei ole tiedossa, vielä. Maljasella pomppasi sydän kurkkuun.

- Minä oon se Maljanen ja se Eero Rönkkö nukkuu tuolla aitassa, Maljanen sanoi osoittaen aitan suuntaan.

- Jahas. Panehan vaatetta päälles. Menette Suron kanssa autoon odottamaan. Minä haen sen Rönkön. Lähetään sitten selvittämään asiaa asemalle, Kemppainen sanoi.

Rönkkö oli kuullut aittaan Kemppaisen ja Maljasen puheet. Edellisen illan tapahtumat olivat valvottaneet koko yön. Hän istui sängyn laidalle ja silitteli nukkuvan Maikin hiuksia. Hän veti karhuntaljaa Maikin paljaiden rintojen päälle.

- Niin oot kaanis siinä nukkuissas, Rönkkö ajatteli katsellessaan Maikkia.

Oven koputuksen hän tiesi tulevan virkavallanedustajan kädestä.

8.

- Pikkupoekamaesta puuhastelua. Sakkoja ropisoo
aenakin, Rönkkö ajatteli astuessaan ulos poliisiautosta.
Maljanen huomasi Rönkön harmistuneen ilmeen.
- Kirjotin lapun tuvan pöydälle, että tuli äkkilähtö ja
soitellaan kun keretään. Antaa ne varmaan jo
huomenna soittaa. Jos se Maikki sinua hätäilee.
- Anna jo olla, Rönkkö sanoi ja käveli kahden poliisin
välissä ovesta sisään.
Asemalla heitä vastaan käveli Mutkan Jussi, vaimonsa
pieksäjä.
- Jahas. Jussi siis lähtee taas. Koitahan elää sovussa sen
Eevas kanssa, se on hyvä ihminen. Ei vie sinua edes
käräjille. Niin monesti kun oot sen hakannu,
Kemppainen sanoi.
- Huono pontikka piän sekottaa. Enhän mie muuten
Eevaa, Mutkan Jussi yritti selittää surkealla äänellä.
Maljanen ja Rönkkö luovuttivat taskuistaan
ylimääräiset tavarat ja täyttivät tarvittavat paperit.
Putkakäytävässä he kuulivat sellistä tulevaa kiroilua.

Rönkkö oli tunnistavinaan tutun äänen, vaan ei osannut yhdistää sitä keneenkään.

Pidätys-selli. Kaksi laveria, pieni pöytä ja vessanpönttö.Videokamera kytkettynä ylös katon nurkkaan.
- Aekas ankee paekka. Mutta vielä ankeempia ovat normaalit juoppoputkat. Muutamia kertoja jootunu Iisalamessa yöpymään, Rönkkö puhui hiljaisella äänellä.
- Onnes piästiin sammaan selliin. Normaalisti ne laettaa erikseen pidätetyt. Maljanen löysi pöydältä vanhoja aikakauslehtiä.
- On varmaan niin täättä. Suatetaan jootua oottamaan kuulusteluja pitkään, Rönkkö sanoi istuttuaan toiselle laverille.
- Varmaan joku kuuli sen eilisen pamauttelun ja ilmoitti tänne, Maljanen sanoi.
- Joku sai sinun rekkarin ylös ja soitti polliisin, niin siinä kävi, Rönkkö sanoi.
- Kemijärven jätkistä pittää meijjän kertoo. Ja sinun sannoo tottuus mistä ne dynyt on lähtösin. Turha meijjän on ennee mittään sallaella, vaekka ne kemijärveläeset pelotteli. Ne ossoo pittee meitä tiällä montakii päevee, jos ee tottuus tuu ilimi, Rönkkö sanoi ja asettui pitkälleen narisevalle makuu-alustalle.

Sellin ovi aukaistiin puolen päivän jälkeen.
- Maljanen tulee sieltä kuulusteluihin. Mennään tuonne

toimiston puolelle, nuorempi konstaapeli sanoi.
He kävelivät putkakäytävän läpi avarampaan tilaan.
Konstaapeli koputti toimiston oveen.
- Sisään vaan, kuului sisältä. Komisario Kemppainen
istui kynä kädessään miettivän näköisenä.
Iltapäivälehti oli levitetty suurelle toimistopöydälle.
Maljanen huomasi sanaristikon olevan muutamaa
sanaa vaille valmis.
- Tietääköhän Maljanen, mikä on sen kenraalin nimi
siinä Masi-sarjakuvassa?
- Kanuuna, Maljanen sanoi hölmistyneenä.
- Vähän niin kuin krapula, joo. Sehän siihen käy.
Tuohon Atik ja tuohon vielä heinätyttö Sara. Eikun
vaan tuli täyteen, hyvä. Kemppainen sulki lehden ja
nakkasi sen hyllyyn.
- Jahas, jahas. Meillä onkin jo tiedossa se, että sinulla
lähti työmaaltasi mukaan vähän ylimääräistä
dynamiittia ja selvillä on sekin viime iltainen räjäytys
hiekkamontussa. Tässä on sitten vähän hämärän
peitossa muutamia asioita. Kemppainen naputteli
tietokoneen näppäimistöä oikean käden etusormellaan.
- Sinulla ei näköjään ole rikosrekisterissä aikasempia
merkintöjä.
- Ei pitäs olla. Joku ylinopeus-sakko vain tullu.

- Harmillista kun nyt tulee. Kemppainen latasi
piippunsa ja pani palamaan.
- Tunnetko sinä näitä miehiä, Kemppainen näytti kuvia
kolmesta kemijärveläisestä.
Maljanen mietti pikaisesti, että nyt olisi parempi puhua
suoraan.
- Ne ne vei ne dynamiitit. Pistooleilla uhkasivat, hän
sanoi hätäisesti.
- Et siis antanut etkä myönyt räjähdysaineita heille?
- Pistoolilla uhaten varastivat, Maljanen toisteli jo
itseään. Kemppainen nousi seisomaan ja meni
katselemaan ikkunasta. Maljanen puri peukalon
kynttään hermostuneena.
- Olitko mukana ryöstämässä pankkia, Kemppainen
kysyi teatraalisesti kovalla äänellä ja loikkasi nopeasti
Maljasen eteen.
- Siis mitä? Pankkirosvoksiko täällä luullaan, Maljasen
sydän pomppasi.
- No, rauhotutaan. Testasin vähäsen. Kemppainen
istahti pöydän taakse ja selasi papereita.
- Näitä Kemijärven herroja on jo kuulusteltu.
Selvitellään nyt sinun ja Rönkön osuudet hommasta
selville. Alkaa olla jo kuitenkin selvää, ettei sinulla ja
Rönköllä ollut osuutta pankin ryöstöyrityksessä.
Valitettavasti jouduute nyt olemaan täällä ainakin iltaan
asti. Teitä kaikkia kuulustellaan vielä toisen ja osaa
ehkä kolmannenkin kerran.

Kemppainen kertoi kuinka kolme kemijärveläistä
poliisin entistä tuttua, oli edellisenä yönä murtautunut
Sallan postipankkiin. He olivat tiirikoineet pankin oven
auki, hälytysjärjestelmää ei ollut. Pankinjohtajan
huonetta siivoamassa ollut siivooja, oli kuullut murto-
äänet ja soittanut salaa poliisille. Roistot olivat juuri
olleet asentamassa dynamiittipötköjä kassaholvin
oveen, kun poliisipartio oli rynnännyt paikalle ja saanut
pidätettyä kaikki kolme ilman suurempaa vastarintaa.

Maljasta ja Rönkköä pidettiin iltaan asti pidätettyinä.
Heiltä kyseltiin kaikki mahdolliset yksityiskohdat
tapahtuneesta. Poliisille selvisi, etteivät nämä kaksi
kalamiestä olleet sekaantuneet pankinryöstöpuuhiin.
Sakkoja ainakin tulisi Maljaselle, panostuslupa
mitätöitiin saman tien ja se tiesi myös varmoja potkuja
Hakalta. Jutusta käräjöitäisiin seuraavan vuoden
puolella. Selvisi myös, että Kemijärven miehistä
kahdella oli haku päällä ja heidät vietäisiin Sallasta
suoraan Helsinkiin Sörkan vankilaan. Ainoastaan
pienin ja hiljaisin heistä päästettäisi vapaalle, ainakin
käräjiin saakka.

Sellistä päästyään Maljanen ja Rönkkö tekivät
rikosilmoituksen kahdesta naisesta, jotka olivat
pöllineet heidän rahansa.

- Eepä ollu turha putkareessu, kun suatiin ilimotus tehtyä niistä kahesta. Käyvään soettamassa kioskista taksi ja ajetaan mökille, Rönkkö sanoi heidän kävellessä kylän keskustaan.

9.

- Paneppa Malja hellaan muutama puu, kun oot siinä
lähellä, Rönkkö huusi tuvan sängystä.
- Muutama vaan. Tämä on ärhäkkä hella.
Rönkkö ikävöi Maikkia. Heti putkasta päästyään, hän
oli ostanut kioskilta prepaid-kortin. Hänellä oli mökillä
mukanaan vanha nokialainen varapuhelimena ja nyt
sille olisi käyttöä. Mökille päästyään, hän oli heti
soittanut Maikille. Puhelimessa hän oli kertonut
soramonttutapahtumista ja putkareissusta.
- Et sä kuitenkaan mikkään roisto ole. Toivotaan, että se
mun serkku Matti ottas opikseen tästä ja ees vähän
miehistys, Maikki oli sanonut.
He olivat sopineet, että Maikki tulisi käymään
Sonkajärvellä talvilomallaan.
- Pitäsköhän vielä lähteä koulunpenkille. Jollekin
kurssille vois hakea, Maljanen sanoi laitettuaan puut
uuniin. Kuusihalot rätisivät mukavasti ja mökki oli
pian taas lämmin.
- Sammoo oon minäkii pähkäelly, Sonkiksella kun ee

töetä sua. Siellä on vuan se puutalotehas. Sinähän
voesit männä jollekkii eräkurssille, kun oot hyvä
suunnistammaan, Rönkkö ehdotti.
- Vois jäädä vaikka tänne pohjoiseen. Vituttaa palata
sinne Saloon.
- Vuokroot tämän mökin enoltas. Kyllähän tiällä
tarkenoo talavellakin, kun hankkii muutaman
lisälämmittimen.
- Hankalaa se on. Ei tule vesiä eikä oo vessaa, Maljanen
sanoi.
- On ne kuule ennenniin pärjänneet. Vittu, minäkii
voesin muuttoo tänne. Vuokrataan tämä kimpassa,
Rönkkö innostui.
- Ei se Eno tästä kummasia kyllä pyytäskään, lämpeni
Maljanenkin ajatukselle.
- Ehotappa enolles. Samahan se, missä sitä työttömänä.
Tiällä olis hyvät kala- ja mehtuumuat.
- Minä soitan sille huomenna.
Rönköllä pyöri mielessä, että Maikkikin olisi sitten
lähempänä.

- Kyllähän se käy. Hommaatte vain polttopuita.
Mökkitontiltakin voi keväällä koivuja kaataa. Sillä
ehdolla tietysti vuokraan, että meidän porukka voi siellä

olla aina kesä-aikaan, Eno sanoi puhelimessa.
- No, tottakai. Me voidaan Rönkön kanssa mennä
vaikka korpeen kun täällä olette, Maljanen sanoi.
- Minnekään korpeen. Tuskin tuo Maikki sitä Rönkköä
sinne päästää, ainakaan ettei itse menisi mukaan.
Niinhän nuo jatkuvaan toisilleen soittelevat.
Tiedä vaikka Maikki sinne emännäksi muuttais.
Silläkin tuo baarihomma... Ei se siitä kummasta
palkkaa saa. Toivosin, että kouluttas itsensä kunnon
ammattiin, nuori kun on vielä. Vaan aina se on
viihtynyt siellä mökillä ja luonnossa, Eno sanoi.
- Me voidaan tätä remontoida ja pitää muutenkin
kunnossa. Vesijohto ainakin vedettäs ja lämmitystä
lisättäs, Maljanen sanoi.
- Ensi keväälle se kuitenkin menee. Voisin vähitellen
talven aikana kuljetella omia tavaroitani sieltä pois.
Parempi se on teidänkin sinne muuttaa suven aikaan.
Talvella siellä ei vielä tarkene. Pitäkäähän vielä lomaa
siellä ja kalastelkaa. Seuraavaksi tulettekin sitten
muuttokuormien kanssa, Eno sanoi.
Näin puhuttiin vuokrasopimuskin jo melkein valmiiksi.

Maljanen ja Rönkkö juhlistivat mökin vuokraamista.
Klemetin kyydillä tultiin taas kylälle. Ravintolassa he
söivät tukevan aterian ja olutta kului. Tanssi-orkesteri
kasaili soittovehkeitään.
Maljanen ja Rönkkö istuivat lähellä soittolavaa.
- On se noilla soittajillakin kova homma. Yhtä
reissaamista ja pitkiä iltoja soitella, Maljanen sanoi.
- Sanos muuta. Tunnen minäkii joetaen muusikoeta.

Ammattitaati isköö monneen. Juoppous taekka hirvi. Rönkkö seurasi orkesterin basistia, joka viritti soitintaan viritysmittarilla.

- Eepä näätä oekeen ravintolamuusikolta tuo. Pitkä tukka roekkuu silimillä ja vuatteet ku suoraan Pelastusarmeijjan kirpputorilta, Rönkkö ajatteli.

- Mikäs se on päntin nimi. Eepä älytty kahtoo maenoksista, hän kysyi basistilta.

- Taito ja Styrox. Tarjooppa soettajalle olut, eeköhän sitä jo sen eestä.

- Ja savosta vielä. Tarjoon, tarjoon... Rantalainen ilostui, kun näki savolais-musiikon. Basisti tuli pöytään ja sai oluen eteensä.

- Olli "Passo" Paananen. Lapinlahden lahja musiikille, hän esitteli itsensä. Hän kertoi aikaisemmin soittaneensa useammassakin rock-yhtyeessä, mutta kun ei sillä pärjännyt, oli liittynyt rovaniemeläiseen Taito ja Styrox tanssi-orkesteriin. Heitä soitti yhtyeessä viisi miestä, joista Taito Oksanen oli orkesterinjohtaja ja solisti.

- Tiällä ollaan toesta viikkoo. Sitten männään Muonioon, basisti sanoi ja joi ahnaasti oluttaan. Pitkä letti heilahti, kun hän kallisti isoa tuoppia.

- Tänään Paananen oot varovainen sen juopottelus kanssa, Taito Oksanen huusi lavalta.

- Aena se on jäkättämässä, tuo Taeto. Se on uskovaenen mies. Ee antas kulukkuakkaan huuhella. Apsolutisti

perkele, Paananen sanoi.
- Irtooko Passolta hevi, Deep Purple taekka Zeppeliini,
Rönkkö kysyi Paanaselta. He olivat siirtyneet baarin
puolelle. Maljanen haki heille tiskiltä uutta juotavaa.
- Varmasti lähtöö. Se Led Zeppelin on kova jätkä.
Meellä oli Lapinlahella ennen semmonen
hevipumppu ja sillä veettiin kaekki
hevilassikot.Vuan tuossa Tyroksissa kun ee
vetästä ku muutama vanaha rokki, Elevistä ja Bill
Heiliä. Turvetta siitäkii eestä. Tekis miel välillä
revittöö tääsillä, Paananen haaveili.
- Taesin käävvä sitä teijjän hevipäntiä Sonkajärvellä
kahtomassa. Ihan ol kova pänti. En vuan sinua heti
tunnistanu, kun siitä on jo aekoo, Rönkkö sanoi.
- Jup, muistan kun oltiin siellä. Kaamee kaeku ol siinä
salissa ja tappelun nujakoeta nurkissa.
- Se kitaristihan tuo on kanssa rokki-ukon näkönen,
Rönkkö sanoi.
- Joo. Heiskanen on soettanu Englannissakii. Vanaha
kehäruakki. Pistivät vuan poes sieltä briteistä, sotkeutu
johonniin hämärähommiin, Paananen sanoi.
- Se pittää soettoo monta tuntia turvetta aena illassaan
vae mitenkä se männöö, Rönkkö uteli.
- Riippuu vähä kapakasta. Tännään ee onnes tartte ku
neljä settiä. Tuossa puolen tunnin piästä alotellaan.

Kamat on jo varmaan pystyssä. Minä en laeta ku
passokamat, poejjat kassoo laaluvehkeet.
- Hotellissako te majoitutte, Maljanen kysyi.
- Jup. Siellä on kaks huonetta. Myö sen Heiskasen ja
urkuri Kyrön kanssa yhessä. Taeto ja rumpali Aho
toesessa. Se on ylleensä jako, juopot eritellään,
Paananen naureksi.

Styrox aloitti soiton ja tanssilattialle ilmestyi muutamia
pareja. Maljanen haki tanssimaan itseään paljon
vanhempaa naista. He pyörähtivät muutaman pelin ja
Maljanen saattoi naisen pöytäänsä.
- No, sinähän se et ikiä kahtele. Ol varmaan yli
viisvitonen, Rantalainen vinoili.
- Kuhan verryttelin. Tuolla näyttäs olevan vähä
nuorempiakin, Maljanen viittoili salin peräpöytään.
- Niimpä onniin. Perkele nehän on ne huijari-akat, ne
saatanat. Rönkkö nousi seisomaan, että näkisi naiset
paremmin. Siellä tosiaan istuivat Saaraksi ja Marjaksi
itsensä esitelleet. Olivat tilanneet pöytään viinipullon ja
lystiä näytti olevan. Saara selitti jotain kädet viuhtoen.
- Saatana, siellä ryyppäävät meidän rahoja. Soitetaan heti
Kemppaiselle, Maljanen sanoi.
- Elähän vielä. Rauhotuttaan. Näkkyyvät olevan niin
kännissä etteivät meitä niä eevätkä tunne, Rönkkö sanoi
ja meni miettivän näköiseksi.
- Mitähän se nyt hautoo, Maljanen ajatteli.

Orkesteri piti taukoa ja Paananen istui kaljalla Maljasen

ja Rönkön pöydässä. Rönkkö kertoi kuinka naiset olivat
heitä huijanneet ja pyysi Paanasta mukaan
kostosuunnitelmaansa.
- Tuossa on rahhoo. Juota niitä ja vonkaele. Toesen kun
suat hotellihuoneeseen, niin toenen tulloo perässä.
Tauvoella aena annat viinoo. Keekan jäläkeen ovat jo
kypsiä tappauksia.
Rönkkö kertoi lopun suunnitelmastaan. Paananen päätti
olla juonessa mukana ja meni naisia viihdyttämään.

- Hyvin näyttää sujuvan. Marja jo kaulailee Passoa,
Maljanen sanoi kurkatessaan peräpöytään.
- Sattu onnes olemaan tuommonen rokkijätkä.
Näkkyyvät olevan ihan liäpällään siihen. Pitäs opetella
itekkii kitaroo rämpyttämmään, niin saes paremmin
pillua, Rönkkö sanoi.
- Jospa se Passolta onnistus. Annetaan tytöille vähä
opetusta, Maljanen sanoi.
Paananen tarjoili tauoillaan naisille juomista ja ryyppäsi
rajusti itsekin. Rönkkö joutui antamaan hänelle lisää
rahaa.
- Piä nyt ite piäs tarpees selevänä ettet karkuuta niitä.
Sovi jo heti rehvit.
- Jup. Otan vähä varovaesemmin. Pesusieniä ovat
perkeleet, kalliis tulloo. Paananen sanoi jo soperrellen.

Styrox aloitti viimeisen setin. Tanssijoita tungeksi lattialle. Maljanen ja Rönkkö istuivat yhä lähellä lavaa olevassa pöydässä. Maljanen ei enää tanssinut, kun pelkäsi Marjan ja Saaran näkevän ja tunnistavan hänet. Naiset olivat siirtyneet lavan reunalle katselemaan komeita soittajia. Paananen kyyristyi suutelemaan Marjaa hitaan balladin aikana.

- Hähää. Hyvin näättää sujuvan Paanaselta, Rönkkö sanoi Maljaselle.

- Ja nyt on sitten illan nopeiden vuoro, kuulutti Taito Oksanen. Rönkkö ei malttanut enää istua.
- Purplee, hän huusi seisoaltaan. Humalainen Paananen horjahti ja väänsi bassovahvistimen melkein täysille.
- Heiskanen hei, vetästään Smoke on the water, hän mölähti mikkiin. Heiskanen aloitti kitarallaan. Rumpali Aho lähti Paanasen kanssa komppaamaan.
Hölmistyneet Taito ja Kyrö poistuivat lavalta korviaan pidellen ja kiroillen mennessään. Paananen aloitti laulamisen ja yleisö hullaantui. Marja ja Saara ryntävät lavalle tanssimaan ja muitakin nuorempia kiipesi sinne. Vanhat rokkimiehet innostuivat. Heiskaselta katkeili kitarasta kieliä, kun hän revitteli soolojaan. Paananen soitti bassoaan selällään maaten. Äkkiä soitto kuitenkin loppui kuin seinään. Taito katkaisi sähkötaulusta lavan

virrat, sammuttaen samalla siltä myös valaistuksen.
Tanssiva yleisö poistui äänettä pöytiinsä. Paananen
laittoi bassonsa telineeseen.
- Se oli sitten illan viimeinen valssi. Kiitoksia ja hyvää
yötä, hän huusi lavalta ilman mikrofonia.
Yleisö meni salista baarin puolelle, vain Marja ja Saara
jäivät notkumaan lavan reunalle.
Maljanen ja Rönkkö katsoivat salin perältä tilanteen
kehittymistä. Solisti Taito oli tulisilla hiilillä.
- Se oli sitten viimenen kerta Paananen. Tuo sinun
rokkikukkoilus ja ryyppäämises riittää minulle.
Monesti oon sinua varotellu ja aina vaan iskee tuo
amatööriys päälle.
- Tööri ja tööri. Ite et oo sen kummempi tööri. Oota
Marja lähetään kohta, Paananen muisti välillä roolinsa.
- Huomiselle keikalle hommataan uusi basisti. Siinä on
lopputilis, Taito ojensi Paanaselle setelitukun.
- Oikein oot näköjään laskennu. Vae että lopputil ihan
kesken runtia, Paananen sanoi ja työnsi rahat
farkkujensa takataskuun.
- Piä päntis. En soeta tätä paska turvetta ennee ikinä.
Myö lähetään nyt hotelliin tyttöjen kanssa
ryyppeemään. Marja oli tullut lavalle Paanasen
kainaloon.
- Sinne et vie ketään. Oot pilannu jo muutenkin meidän
maineen. Saat olla muualla yötä ja aamulla hakea
kamas. Mene sinne savonmaalle omilla kyydilläs.
- Etkö kyytiä ies anna tiältä poes. Oot sinä melekonen
mulukku, Paananen huusi ja hyökkäsi Taiton rinnuksiin.

Käytiin siinä pientä käsirysyä. Kyrö ja Aho tulivat
väliin rauhoittelemaan Paanasta.
- Raahotunhan minä, kuhan tuo jätkä kalappii vittuun.

10.

Aamulla puoli neljältä Rönkkö painoi poliisiaseman
ovisummeria.
- Kuka siellä ja mitä asiaa, kysyttiin pienestä
kaiuttimesta. Rönkkö selvitti asiansa ja ovi aukesi.
Ravintolan suljettua Paananen oli tilannut Klemetin
taksin. Paanasen haettua hotellihuoneesta juomista
mukaan, hän oli lähtenyt tyttöjen kanssa Sallan yöhön
huvi-ajelulle. Saara ja Marja olivat olleet jo lähtiessä
ympäripyörteissään ja tunnin ajelun jälkeen
sammahtaneet taksin takapenkille. Maljanen ja Rönkkö
olivat puistonpenkiltä seuranneet näytelmää, jossa
Klemetin taksi oli pyörinyt pitkin kylän raittia.
- Valamis paketti. Myö ajellaan tällä taksilla
kyttälaetoksen pihhaan ja viedään tyttäret putkaan,
Paananen oli sanonut soittaessaan Rönkölle.
- Nämä naeset ne veivät minun ja tuon Maljasen
lompakoista rahat. Törmättiin niihin ravintelissa ja
ystävämme Paananen juotti ne tarkotuksella känniin,
niin suatiin ne satimeen. Rönkkö sanoi päivystävälle

poliisille.

- Siellä ovat nyt molemmat putkassa selviämässä.
Kuulustellaan heitä sitten siitä rahojen viemisestä
illalla, poliisi sanoi.

- No hyvä, suahaan konnat vastuuseen teoistaan,
Rönkkö sanoi.

- Tuutte sitten molemmat maanantaina tänne
 kuultavaksi asiasta, poliisi sanoi.

- Selevä juttu, myöpä tullaan, Rönkkö sanoi.

Miehet nukkuivat pitkälle sunnuntain iltapäivää.
Paananen oli tullut myös mökille yöksi. He olivat
ajaneet taksilla sinne hotellin kautta. Paananen oli
herättänyt hölmistyneen Heiskasen ja myynyt tälle
bassonsa ja vahvistimensa halpaan hintaan.
Soittohommat saisivat nyt jäädä joksikin aikaa. Hän
aikoi lomailla myynnistä saamilla rahoillaan. Hän oli
tehnyt keikkaa ympäri Suomea kolme vuotta putkeen,
juurikaan lomia pitäen. Asunut pelkästään hotelleissa ja
matkustajakodeissa. Joskus välillä oli käynyt
yöpymässä äitinsä luona Lapinlahdella.

- Heiskanen makso ihan kohtuullisesti kamoista. Ku
niukasti ellää, niin kyllä minä jonniin aekoo pärjeen,
hän sanoi kahvia juodessaan.

- Voit asustella täällä sen aikaa kun mekin ollaan,
Maljanen sanoi.

- No, kiitosta vuan. Eepä tässä kiire oo minnekkään.
- Me Rönkön kanssa lähdetään kotia kohti varmaan
viimestään keskiviikkona. Pitäs käydä työkkärissä.
Soitan sinne jo huomenna ja ilmoitan jääneeni
työttömäksi.
- Vae työttömäs sitä sinnäen.
- Sepä onnii vähä monimutkasempi juttu, se Maljasen
tuleva työttömyys, Rönkkö sanoi.
- Ja sinä pidät siitä turpas kiinni, Maljanen sanoi.
- Pasistin paekka oes vappaana Laitis Eetun orkassa.
Kysy minua siihen jo par viikkoo sitten. Mänen siihen
ku lomiltani ehin, Paananen sanoi.
- Tunnehan minä Eetun. Meijjän kylän jätkiä. Siinä se
on omanlaesensa persoona, Rönkkö sanoi.
- Onhan niitä Eetusta juttuja, vuan ammattilaenen se on.
- On, on. Paljo on niitä keekkoja tuntunu olevan.
Ryypättiin sen kanssa alakukesästä. Tul käämään
kitaran kanssa. Saanottiin ja laalettiin. Tuota, voesinko
minä piästä teijjän kyyvillä sitten sinne Savvoon päen?
Pitäs käävä äetmuoria kahtomassa Lapinlahella.
Vanaha ja huonovointinen jo alakaa olla.
- Minähän ajan Savon kautta Saloon, kun vien tuon
Rönkön kotiinsa. Tietysti pääset kyytiin, jos vain
mahdut olemaan takaloosterissa. Tuo pick-uppi ei oo
mikään tilava perhe-auto, Maljanen sanoi.
- Onpa tuota tottunu kulukemmaan… Kerranniin
meijjän rokkiporukalla ol vanaha Transetti. Siihen ku

lastas kamat, nii ukot ee meenannu siihe mahtuakkaa.
Kamojen välissä siellä takana rumpali Ketosen kanssa
mutkalla istuttiin. Pielaveelle oltiin mänössä ja
talavikeli ja kylymä istua ja aatossa silestonerenkaat.
Lipponen kuskina noetu kun transetti heettelehti
raskaassa lastissa. Piästiin kuitenniin perille ja alakovat
purkoo kamoja takaoven eestä, että piästäs Ketosen
kanssa ulos sieltä, niin Ketosta juilas selästä.
Se tipahti aatosta ulos kontilleen. Noedan nuoel iski
selekään.
- Miten se onnistu se rummunsoetto sitten, Rönkkö kysyi.
- Se kun suatiin jaloilleen sieltä muasta, niin se jäi
etukennoon ku linkkuveihti koko ukko ja valitti niin
perkeleesti. Soetti sitten sen keekan hampaat irvessä. Ee
turhia fillejä paakutellu, vuan vetipä läpi kuitenniin.
- Sitkee äijä, Maljanen sanoi.
- Jup. Vuan pakkohan sen ol. Meellä ol kova suksee
sillon siellä päen. Ketonen jootu olemaan saeraslomilla
töestään kaks viikkoo. On se semmonen taati, se noedan
nuol.

11.

Auringon paahtaessa Maljanen ja Rönkkö ajoivat
pickupilla Sallan keskustaan päin.
- Mitähän se Kemppainen meidät sinne asemalle kutsui.
Oli kovin salamyhkäinen puhelimessa, Maljanen sanoi.
Hän ja Rönkkö olivat remontoineet mökkiä koko
kevään ja saaneet sen mielestään talviasuttavaan
kuntoon. Rönkölle oli aitasta tehty oma soppensa, jossa
oli nyt sähköt, juokseva vesi ja vessakin.
Molemmat olivat muuttaneet kirjansa ja osoitteensa
Sallaan. Mökkikaupat Enon kanssa olivat sujuneet
hyvin ja he olivat saaneet mökin itselleen
kohtuuhinnalla.
Maljanen teki nyt töitä iltaisin ja öisin
kylänravintolassa. Toimi siellä diski-jukkana ja
karaoke-isäntänä.
Rönkkö oli talvella käynyt eräopas-kurssin ja
loppukesästä alottaisi työt paikallisella elämysmatkailu-
firmalla.
- Porottaa tuo aarinko niin, että porotkin kohta palavat

poroiksi ja hirvet, Rönkkö sanoi ja aukausi vänkärin puoleisen ikkunan kokonaan auki.

Rikospoliisi Kemppainen kätteli Maljasta ja Rönkköä.
- Haluan kiittää teitä Sallan poliisilaitoksen puolesta.
Hänen toimistonsa pöydälle oli katettu monen sortin herkkuja kahvin kanssa nautittavaksi.
- Jahas jahas. Teittepä sitten melkein niinku kansalaispidätyksen. Pitkään ne tytöt saikin ukkopoloja huijata. Kymmeniltä miehiltä olivat kerenneet rahoja viedä kymmenien tuhansien edestä. Tästä pidätyksestä on koko Suomen poliisilaitos mielissään ja ulkomaan tahot myös. Vaikka outo olikin se teidän pidätys-systeemi, niin se vaikuttaa varmasti alentavasti teidän tuomioihin siinä pommijupakassa. Kiitän teitä itseni ja myös sallalaisten puolesta tästä. Ottakaahan siitä purtavaa kahvin sekaan.

Turhaan Maikki oli pelännyt rintasyöpää. Rinnassa oleva kyhmy paljastui harmittomaksi rasvapatiksi.
Se oli poistettu pienellä leikkauksella Tornion terveyskeskuksessa. Nyt hän istui linja-auton takaosassa ja oli matkalla Sallaan. Kesäloma, aurinko porotti kirkkaalta taivaalta. Häntä vähän jännitti Rönkön kohtaaminen. He eivät olleet nähneet toisiaan melkein vuoteen.

Rönkkö oli kutsunut hänet Sallaan mökille. Linjuri
kääntyi aseman pihaan. Klemetti seisoskeli uutuuttaan
kiiltävän taksinsa edessä.

- On tyttö vaan entisestään kaunistunu, hän ajatteli kun
näki Maikin astuvan autosta.
- Eikö ne herrat suvainneet ite tulla vastaan ku siut
laittovat hakemaan, Maikki kysyi.
- Kuulemma siivoomaan jäivät.
- Vai siivoomaan.
- Tuntuvat hyvin sinne kotiutunneen. Laitelleet sitä
mökkiä, remonttia tehneet.
- Niinpä.
- Meinasko Maikki sinne Rönkölle emännäs jäähä? Oli
teillä sillon syksyllä semmosta.
- Älähän Lemetti nyt...
- Ota vaan ukko siitä itelles. Mie voin tällä uuvella
pirssillä sitten kirkkoon kuskata. Häitä pitämään.
- Joopa joo.
 Maikki laittoi matkatavarat
peräkonttiin.
- Tuleeko hirviä lasku, jos käyn pojille vielä tuosta
kaupasta vähän tuliaisia.
- Rönkkö makso jo kyydin etukäteen. Kuhan et tunti
tolkulla siellä viivy. Mie juon sumpit sillä aikaa tuolla
baarissa.